El Quinto Origen 7

ἢ τὰν ἢ ἐπὶ τᾶς

J. P. Johnson

Para Cristian

El Quinto Origen 7. ἢ τὰν ἢ ἐπὶ τᾶς

© J. P. Johnson / Joan Pont Galmés [2022]

ἦ τὰν ἦ ἐπὶ τᾶς

(Ὲ tān ὲ epì tâs)

"O con él o sobre él"

Dicho con el significado de "O vuelves victorioso, o mueres y por tanto te traen sobre tu escudo".

Lo decían las madres espartanas a sus hijos cuando partían para la guerra, para recordarles que fueran valientes. Un hoplita no podía salir huyendo de la batalla a menos que arrojara su pesado escudo circular forrado en bronce, así que perder el escudo era sinónimo de deserción. (Plutarco, Moralia, 241)

1- Las Luces llegan y, tal como lo hacen, se van - Neferneferuatón Nefertiti (c. 1370 a. C.-c. 1331 a. C.) fue una reina de la dinastía XVIII de Egipto, la primera gran esposa real de Akenatón. Algunas egiptólogas creen que ella fue la persona que reinó con el nombre de Semenejkara, que sucedería a Akenatón - Jesús, abandonado, se dirige al norte - En la Cámara del Caos, Lucius excava hacia la nave - Mamen busca el Minotauro - Quiere ser de nuevo humana - Aparta la burbuja - Ayuda al muchacho - Pisístrato, el tirano - Las apariciones de Mamen dan lugar a la mitología de las Diosas.

Jesus, llamado ahora Hemiunu, miró hacia sus pies y vio la fulgurante superficie de la pirámide descendiendo hacia la planicie de Giza. Su cintura estaba rodeada por una cuerda de cáñamo por si se caía de la pequeña terraza que coronaba la parte superior de la construcción. Si se precipitaba por uno de los costados en el momento en que llegaran las Luces Brillantes sería catastrófico… Tres mil años esperando y todo se iría al traste en un segundo… aunque ya había perdido por completo la noción del tiempo y aquellos tres milenios parecían un suspiro.

-Vamos, *Aah*, llámales, por favor, haz que vengan esta noche. Te lo imploro.

Levantó una estatuilla de madera recubierta de una capa de lámina de oro hacia la super luna que abarcaba por completo el horizonte del desierto y empezó a recitar un conjuro utilizado a la hora de solicitar favores las figurillas mágicas:

-Oh, figurilla mágica, oyeme. Como sea convocado a realizar tareas de toda índole que no entren en mis planes, entonces, oh figurilla mágica, que posees instrumentos que yo no tengo…

De repente se sintió muy ridículo, ahí arriba, sobre la pirámide de Keops, a ciento cuarenta y seis metros de altura, recitando un sortilegio…

-Vamos, Jesús, eres una persona del siglo veintiuno, has usado ordenadores y teléfonos móviles y estás a punto de irte de aquí. No sigas con esta estupidez…

Sin embargo, a Jesús le encantaba el concepto de religión politeista con un amplio margen de veneración de divinidades locales que tan de moda estaba en aquellos tiempos. Era fascinante. Se adoraba cualquier cosa, de la naturaleza o de la vida cotidiana. Desde el nacimiento hasta la muerte, las mujeres y hombres de aquel país de las Tierras Negras bañado por el Nilo llamado *Kemet*, o *k-mt*, porque las vocales no se pronunciaban, y que más tarde sería denominado Egipto, llevaban siempre una ristra de amuletos, una o varias estatuillas, o las dos cosas, en una bolsa de cuero colgada de su cuello o atada a su cintura. Era la moda de los últimos doscientos años. Sí, todo el mundo las llevaba, incluso el faraón Dyedefra y su mujer y medio hermana Hetepheres.

Precisamente la estatuilla de la diosa lunar *Aah* había sido un regalo de Hetepheres, de la que Jesús había estado profundamente enamorado, a pesar de que jamás podría olvidar a Nefertiti.

-Nefertiti, mi amor, desapareciste para siempre con nuestro hijo y nunca fui capaz de encontrarte…

Las lágrimas empezaron a descender por sus mejillas. Era increíble que Jesús aún conservara la capacidad de llorar, pero así era. De pronto, las últimas palabras de Lucius sobre Nefertiti regresaron desde sus recuerdos: "Nefertiti es mucho más antigua que nosotros, amigo mío. Ella fue atrapada por el Eco que emiten esas malditas Criaturas en la Edad de Piedra…"

Jesús le había dado vueltas a esas palabras en su cabeza, durante todas las noches de los cincuenta *renpet*, años, desde que ella se había ido.

-¿Porqué la dejaste marchar, estúpido?

Pero no era tiempo de lamentaciones. Las escribas del templo de Sakkara, porque todas eran mujeres, dedicadas a la observación y registro de los movimientos de la Luna, la diosa *Aah,* por el firmamento, habían predicho que la Super Luna aparecería hoy, y que su máximo apogeo sería en el cuarto *merkhet*, aproximadamente a las dos de la madrugada.

Las horas durante la noche, cuando no funcionaban los relojes de sol, se calculaban mediante unas plomadas llamadas *merkhets*, siempre que las estrellas fueran visibles, algo que ocurría casi siempre en aquel desértico país caracterizado por la ausencia de nubes. Los instrumentos del templo de Sakkara estaban alineados con la Estrella Polar e indicaban un meridiano. Observando cómo unas determinadas estrellas cruzaban la línea creada con los *merkhets*, se podía calcular con precisión la hora.

Era la primera vez que Jesús intentaba aquello desde que había logrado encerrar a Lucius en las profundidades de la Gran Pirámide.

-Mejor dicho, Lucius se encerró a sí mismo, porque

habría podido escapar cuando me leyó el pensamiento, pero no lo hizo… - divagó en voz alta, temblando de frío, mientras a lo lejos sonaban los rugidos de una manada de leones devorando un órix.

Era como si volviera a ver la escena ahora mismo: Lucius detenido justo al comienzo del pasadizo que descendía hacia la cámara del Caos, mirándole con los ojos achinados debido a la oscuridad, gritando "¿Cómo has llegado a esto, Jesús? ¿Por qué has construido mi tumba?" y, a continuación, diciéndole las palabras que más le dolían: "¡Yo no soy el Demonio porque lo haya elegido, igual que tú no eres Jesucristo por decisión propia!"

¡No, él no quería ser Jesucristo! ¡No podía serlo! ¿Porqué había tenido que tocarle aquel rol y no otro cualquiera? No quería ni pronunciar aquel nombre: JE-SU-CRIS-TO, la figura más importante de la Historia de la Humanidad… y resultaba que era él mismo, Jesús, nacido en un pueblo llamado Pollença, en la isla de Mallorca, archipiélago de las Baleares, España, en el año 1992 del siglo veinte…

¡Maldita sea, si ni siquiera había tenido creencias religiosas antes de la llegada de aquellas Luces Brillants que mataron a todo el mundo!

Nefertiti ya se lo había dicho. En una ocasión había dibujado una cruz en forma de equis sobre la arena del desierto, diciéndole que le había visto en sueños, atado a aquella cruz.

Todo coincidía. Su nombre, los presagios de los que le rodeaban y, sobre todo, su antagonismo con Lucius, y su poder, por supuesto.

¿De dónde venían esos poderes, la capacidad de Lucius de extraer los peores sentimientos de las personas y la suya propia, la de exacerbar las buenas acciones, la bondad y la alegría? Le había dado un montón de vueltas en su cabeza y estaba seguro que se trataba de un magnetismo creado por su don de la inmortalidad, otorgado por los tripulantes de aquellas naves, los Seres acuosos de color Negro en forma de letra T.

-Seguro que es un efecto colateral… - murmuró, escuchando ahora los rugidos de los gigantescos cocodrilos que se colaban en el canal creado ex profeso para transportar de forma más sencilla en barcazas los pesados materiales para levantar la pirámide. Casi cada noche los cocodrilos del Nilo atrapaban a alguien desprevenido, a pesar de que una guardia patrullaba los márgenes con largas pértigas para matarlos. - Nos concedieron aquel don mediante una mutación genética en nuestras células, y ese magnetismo provoca a su vez un efecto de simpatía en los seres humanos que nos rodean…

No existía una forma científica de explicar aquel proceso, aquella transferencia de energía magnética de un ser vivo a otro, o de un ser vivo a muchos otros, como les ocurría a él y a Lucius, con los conocimientos sobre atracción y repulsión magnética del siglo veintiuno.

-Pero tampoco hay una forma de explicar que las células de un ser humano se regeneren durante un tiempo ilimitado, como nos ocurre a nosotros - murmuró Jesús, observando con una ansiedad incontrolable el cielo nocturno plagado de estrellas. -Y los viajes en el tiempo a través del agujero de gusano… Eso sí que es pura ciencia ficción, algo impensable, inimaginable…

Recordaba algunas cosas que había leído antes de la Catástrofe, un asunto muy curioso, porque igual que le ocurría a una persona "normal" cuando llegaba a la vejez, la memoria a largo plazo de Jesús mejoraba con el paso de los siglos y, en cambio, olvidaba muchas de las cosas más recientes.

En su juventud en la casa familiar del Port de Pollença, en Mallorca, había sido muy aficionado a las revistas de carácter científico, como una llamada Muy Interesante.

Precisamente en aquel instante recordó un artículo de aquella revista, incluso pudo visualizar las ilustraciones en su cabeza, algo increíble porque, si contaba el tiempo pasado en Stonehenge y el transcurrido en el Antiguo Egipto, sumaba casi mil años.

El artículo de la revista trataba sobre los agujeros de gusano o puentes de Einstein-Rosen, auténticos túneles de comunicación en el tejido del espacio-tiempo, una vía de escape a las enormes distancias que existen en el Universo. En el artículo, una astrofísica explicaba que las fantásticamente complejas ecuaciones de la relatividad general que predecían la existencia de los agujeros negros también descubrian un fenómeno conocido como agujero blanco.- Otra científica explicaba en el mismo artículo que un agujero blanco sería como un reflejo invertido de los negros. Mientras que el horizonte de sucesos de un agujero negro marcaba la región del espacio a la cual una vez que entras nunca puedes salir, era imposible entrar en el horizonte de sucesos de un agujero blanco, aunque casi todo podía escapar, y, lo que era más interesante para Jesús, todos los agujeros negros estarían "conectados" naturalmente con los agujeros blancos a través de sus singularidades, convirtiéndolos en auténticos túneles a través del espacio.

-Vale, genial, Jesús, has encontrado la solución teórica a tus viajes en el tiempo… - murmuró, acompañando a sus pensamientos. Últimamente hablaba mucho para sí mismo, cada vez más. -Solo hay un pequeño problema…

El inconveniente, según aquel artículo de la revista Muy Interesante, consistía en que la gigantesca atracción gravitatoria causada por las singularidades de los dos extremos del agujero de gusano rompería el túnel mucho antes de que nada pudiera usar el conducto y si, a pesar de todo, se ignoraba ese detalle, resultaba que una nave entrando en uno de estos agujeros sería irremediablemente triturada y convertida en un amasijo de energía por la aplastante gravedad de las singularidades.

De pronto se escucharon unos horribles gritos de mujer hacia el este, seguidos por una multitud de voces, y eso arrancó a Jesús de sus lejanos recuerdos. Había ocurrido lo de cada noche, por otro lado algo que todo el mundo consideraba normal, que los cocodrilos, que llegaban a alcanzar tamaños de hasta cinco metros, atraparan a alguien en las riberas, personas que se levantaban soñolientas a hacer sus necesidades fuera de sus casas de adobe, y la arrastraran, en medio de su desesperación, hacia el agua para ahogarla y devorarla al cabo de unos días, cuando su carne ya estuviera reblandecida.

La agitación terminó pronto. Cuando una de aquellas bestias gigantes atrapaba una pierna o un brazo a alguien no había forma de salvarse, a no ser que tiraras con tanta desesperación o te agarraras a alguna cosa muy sólida y el animal se marchara con tu extremidad amputada entre los dientes. En ese caso, los gritos cesaron enseguida, lo que significaba que la desdichada víctima había sido ahogada con rapidez.

El firmamento estaba tranquilo, nada por el momento, ni siquiera alguna estrella fugaz que llamara la atención de Jesús, aunque él sabía que las Luces Brillantes llegaban de improviso, sin ningún tipo de señal previa, tan rápido como se iban.

Se arrebujó en su manta de lino. La temperatura bajaba a solo cinco grados centígrados durante las noches en el desierto. A su derecha, la sucia y maloliente *Ineb-hedy*, cuyo nombre significaba Muro Blanco, dormía un sueño agitado, como siempre. Una ciudad que dentro de doscientos años cambiaría su nombre por *Anj-tauy*, Balanza de las Dos Tierras, porque el muro que la rodeaba originalmente había sido ya rebasado e integrado dentro de las casas y ya nadie la conocía por eso.

Observando desde la altura el reflejo de las miles de antorchas que iluminaban sus calles, Jesus pensó que, si aquella noche las Luces Brillantes aparecían y se lo llevaban a algún otro lugar del tiempo, echaría mucho de menos *Ineb-hedy*. ¿Cuánto llevaba allí? ¿Quinientos años? Amaba aquella ciudad, a pesar de todo lo que había sufrido dentro de sus murallas, pero el paso de los años provoca que el cerebro humano olvide lo malo y recuerde lo bueno, y la mente de Jesús no era ajena a aquel efecto.

-Desde el primer día que llegué, aterrorizado, después de caminar toda la noche por el desierto, y me encontré el bueno de Chiaru, y me llevó a su casa…

Por supuesto, todo el mundo que vivía cuando Jesús llegó a *Ineb-hedy,* antes de que se levantara ninguna pirámide, ya había muerto, y sus hijos también, y también sus nietos, pero aquella terrible constatación se había convertido en un hecho cotidiano para él. En algunos momentos llegaba a sentirse como un profesor, en una clase donde cada curso pasaban los alumnos que luego se iban a vivir sus vidas, desvaneciéndose en la vorágine del mundo.

De repente volvió a pensar en aquel artículo de la revista Muy Interesante que había leído a los veinte años. Decía que quizás en el futuro se podría evitar que un agujero blanco triturase a una nave que pretendiera utilizarlo para viajar en el tiempo. Por medio de un material hipotético, nunca hallado pero quizás posible, se podría estabilizar y agrandar el conducto. Se trataba de la Materia Exótica, una entidad caracterizada por tener masa negativa y una densidad energética también negativa, que no había que confundir con la energía o la materia oscura. Este tipo de materia nunca se había hallado en ningún rincón conocido del Universo, nadie sabía qué aspecto tenía ni dónde podría encontrarse. Aún así en el caso de que se pudiera usar la materia exótica para estabilizar un agujero de gusano, podría ser que al entrar dentro de él con materia convencional el conducto se colapsara y matase a todos los tripulantes de una nave.

-¿Habéis conseguido hallar algo parecido a la materia exótica, a qué sí? - les dijo, levantando la barbilla hacia arriba, a unos hipotéticos seres extraterrestres que vivieran en las estrellas. -Con eso viajáis vosotros, y nosotros también, por el espacio-tiempo, aunque creo que en nuestro caso existe algún tipo de avería en la máquina, por eso vamos dando tumbos de una época a otra…

Jesús había reflexionado mucho sobre el origen de aquellas Luces Brillantes que, un buen día y sin previo aviso, llegaron a la Tierra y mataron a todos sus habitantes excepto a algunos, a él mismo. Los porqués se multiplicaban en su cabeza al principio, en Stonehenge, sin encontrar jamás una explicación pero, poco a poco y con el paso forzoso de los siglos, había logrado pensar en las causas de todo aquello con mucha más calma.

-Número uno… - enumeró en aquellos instantes, levantando el dedo índice de la mano. -La Humanidad hizo algo que molestó a esos Seres y decidieron acabar con todo el mundo, aunque dejaron a algunos para no eliminar del todo a la especie… Número dos: No éramos una amenaza para ellos, porque su tecnología es infinitamente más avanzada, y tampoco lo hicieron para alimentarse de nosotros, como en La Guerra de los Mundos. La gente murió y ahí se quedaron siete mil millones de cuerpos, pudriéndose y sirviendo de comida a los gusanos. Número tres: solo mataron a los mamíferos, no a los insectos ni a los pájaros ni a los reptiles. ¿Por qué? He ahí el gran dilema. Número cuatro: su concepto de tiempo no es ni por asomo como el nuestro, porque aparecen cada seiscientos años, un plazo demasiado amplio desde el punto de vista humano…

Las mismas preguntas y las mismas respuestas o, mejor dicho, las mismas no-respuestas, porque era imposible hallar ninguna solución a aquellos dilemas. Lo único cierto y constatable era que, un día de Agosto del año 2020, la Humanidad sería extinguida… lo que llevaba a Jesús a otra hipótesis.

-Las grandes extinciones de la historia del planeta… ¿Fueron ellos? Hubo cinco grandes extinciones, si no recuerdo mal. La primera, hace cuatrocientos millones de años, extinguió al sesenta por ciento de la vida marina. La segunda, hace trescientos millones de años, volvió a afectar a las especies marinas, pero esta vez a las que vivían en aguas cálidas, se dice que los corales nunca volvieron a ser lo mismo. La tercera, hace doscientos millones de años, fue la que más ha impactado la vida en la Tierra en toda su existencia, desapareció un noventa por ciento de las especies y los científicos la llamaron La Gran Mortandad. La segunda, hace doscientos millones de años y la última, la más famosa, la que eliminó a los dinosaurios en el Cretácico y Terciario,hace sesenta y cinco millones de años… Y ahora ya hay una sexta extinción, la de los mamíferos, a la que por casualidad pertenece mi especie, en el siglo veintiuno después de Cristo, después de mí mismo…

En ese punto Jesús se echó a reír. Nunca podía evitar hacerlo después de decir esa frase tan manida de Antes de Cristo o Después de Cristo. Sí, según todos los indicios,

Jesucristo era él, entonces tenía que decir Antes o Después de mí.

-Madre mía, qué disparate, Jesús. Tendrías que estar loco de remate, haber perdido la chaveta, en cambio, cada día parece que tienes la cabeza mejor amueblada, que te acuerdas de cosas más lejanas, no lo entiendo, la verdad…

Los últimos treinta años no habían estado mal, tenía que admitirlo. Tras el desdichado período en que Lucius se había autoproclamado faraón, y después de lograr encerrarlo en la Cámara del Caos, se había dedicado en cuerpo y alma a la tarea de coordinar los trabajos para terminar la gran pirámide mientras el hijo del fallecido Jufu, llamado Dyedefra, era entronizado como faraón. Dyedefra era un jóven muy tímido y con un grave problema en el habla, a pesar de que se le consideraba como un Dios. aunque su divinidad, más que empoderarle, le aterrorizaba. Jesús no tenía tiempo para la vida de la corte, pero la visión de aquel chico de catorce años, tartamudeando, con su nemes blanco de bandas lapislázuli y oro en la cabeza, en poder de los borrachos sacerdotes de Ptah le hizo hervir la sangre. Se acercó a Dyedefra con una gran benevolencia y humildad y se ofreció para ayudarle a superar su tartamudez, aunque él no tenía mucha idea de logopedia. Dyedefra le nombró enseguida su Chaty y también *mDH.w-zXA.w-nswt*, que significaba Maestro y Jefe de los Escribas del Rey. Para Jesús aquel fue el comienzo de un periodo de días interminables y de una actividad frenética. Dirigía las obras de la Gran Pirámide que, con la mitad de la altura prevista, ya era visitada por miles de habitantes del Alto y Bajo Imperio, aconsejaba a Dyedefra sobre los asuntos del país y supervisaba las observaciones que las escribas hacían por las noches en el templo astronómico de Sakkara dedicado a *Aah*, la diosa Luna.

-Gracias por todo, habitantes de esta tierra, he recibido mucho más de lo que os he dado - dijo, con los ojos empapados en lágrimas.

Sí, lo tenia todo preparado, incluso su propia tumba, algo sugerido por el propio faraón, que temía mucho a la muerte o, más bien, al pesaje de su corazón por parte de Anubis.

Dyedefra le había hecho construir una mastaba en secreto, a modo de sorpresa. El esbelto edificio estaba situado en la parte occidental de la meseta, en la necrópolis donde descansaban los restos de los sumos sacerdotes, los jefes de los escribas y la familia real de rango inferior. Allí también estaba la tumba de Chiaru y de su estirpe. Cuando

Jesús fue llevado a ver el edificio en una procesión ceremonial, presidida por el faraón y armonizada por las canciones de *Kahay*, el famoso Músico Real que tanto gustaba a Dyedefra, a duras penas pudo reprimir sus carcajadas. ¡Una tumba para él, que no podía morir! Tuvo que hacer un gran esfuerzo para mostrarse sorprendido y halagado delante de todos.

La mastaba brillaba al sol de una forma increíble gracias a su recubrimiento de caliza fina de Tura. En la fachada tenía resaltos que imitaban los de un palacio. Dentro había veinte nichos para los cuerpos de la familia de Jesús, un altar para libaciones y una estatua de él mismo, sentado en un trono y con evidentes signos de obesidad, aunque la morfología de Jesús nunca cambiaba, pero la obesidad era una señal de realeza y bienestar, así que no tuvo más remedio que seguir alabando todo aquello.

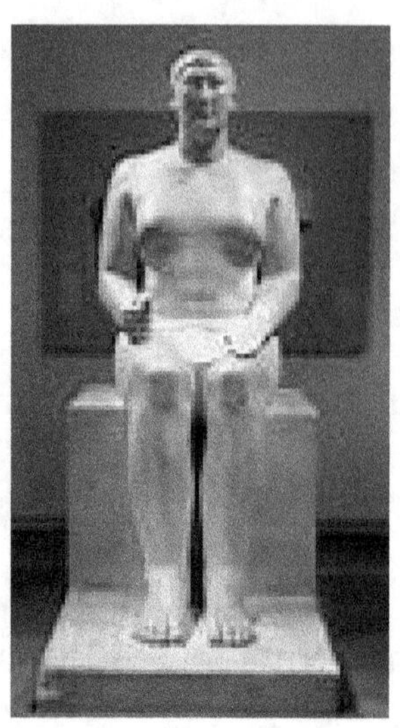

-¡Ja, ja, ja! Apareceré como un seboso si algún día las arqueólogas encuentran esa maldita estatua… - exclamó Jesús, estremeciéndose por el frío. -¿Qué? ¡Joder!

De repente aparecieron las Luces Brillantes. Como en Stonehenge, no había nada y, de pronto, las tres esferas estaban ahí, en un completo silencio, suspendidas en el aire, uniendo su luz, que caía sobre un punto de la arena del desierto… pero no sobre la pirámide.

-¡No! ¡No! ¡Me he equivocado! ¡Este no es el lugar!

El rayo de luz incidía en la superficie del desierto, bajo la que debía hallarse una nave enterrada, y le transmitía información, o lo que fuera que hiciese, pero estaba a unos quinientos metros de Jesús.

Frenético, se dirigió hacia la compuerta de madera que

cubría la empinada escalerilla que, tras un interminable recorrido, ascendía por varios conductos de ventilación y llegaba al vórtice de la pirámide, pero de repente cambió de idea y se lanzó al vacío.

Al principio empezó a deslizarse sobre el revestimiento de piedra caliza, pero de repente un saliente le elevó a un metro de altura y empezó a dar tumbos, cada vez más largos. Los golpes en su cuerpo eran terribles a medida que descendía a mayor velocidad. Sentía como se rompían sus huesos y cómo las astillas salían por la piel, pero no le importaba nada.

Llegó a la base con un impacto tremendo, levantando una cortina de polvo.

-¡Va-vamos! ¡T-tengo que… lle-llegar!

Pero de momento no podía caminar. Sus piernas estaban dobladas en un arco inverosímil, a pesar de que ya empezaba a sentir los chasquidos de sus músculos recomponiéndose. Empezó a arrastrase sobre la arena apoyandose en los brazos rotos, aullando de dolor y de rabia. El rayo brillante y silencioso se elevaba delante de él como un espejismo, una terrible visión de fatalidad.

Avanzó unos metros, cada vez iba más rápido, dentro de unos instantes ya podría levantarse y correr…

Pero las Luces Brillantes ya se habían ido.

-¡No! ¡No! ¡No!

Empezó a aullar de rabia y desesperación. ¡Estaban allí, al alcance de sus manos! ¡A unos pasos! ¡La posibilidad de salir de aquel lugar y, quizás, volver a su tiempo! ¡Y ahora a esperar de nuevo!

-¡Nooooo! ¿Por qué? ¿Por quéeeeeeeee?

Jamás en la vida se había sentido tan frustrado. Se incorporó y empezó a darse golpes en el pecho y a arrancarse los cabellos mientras lloraba y maldecía su vida.

-¿Por qué me habéis elegido? ¿Por qué? ¡Yo no soy nadie! ¡Nadie! ¡Al menos dejad que me muera! ¡No me torturéis más!

Cuatro pastores que habían visto las Luces Brillantes y se habían lanzado al suelo pensando que el Carro de Ptah bajaba del cielo para matarles se levantaron y arrearon el ganado para alejarse rápidamente de allí. La ciudad de los obreros de la pirámide, en la que se hacinaban quince mil personas, recibía a diario veinticinco vacas y cuarenta corderos para servirles de alimento. En aquel momento una muchedumbre se acercaba a aquel lugar bajo los brillantes rayos de la super luna. Al igual que los pastores, habían visto las Luces.

Jesús vio acercarse al nutrido grupo de personas y se levantó. Seguramente le reconocerían, porque él solía pasearse entre los obreros como si fuera uno más, supervisando las obras, y lo último que le apetecía en aquellos instantes era hablar con alguien, justificar los motivos de su desesperación.

Se levantó y, mirando hacia el resplandor acuoso de las hogueras de *Ineb-hedy*, dijo:

-Espero no tener que verte nunca, ciudad del muro blanco, pero gracias por acogerme…

Y, dando la vuelta, empezó a caminar hacia el norte, bordeando la pirámide.

A cuarenta y seis metros por debajo de la base de la pirámide, en una cámara labrada en la roca viva, acurrucado en un pozo de dos metros de lado y tres metros de profundidad, estaba Lucius Umbert.

La oscuridad era absoluta en aquel lugar, pero Lucius abrió los ojos, algo que llevaba sin hacer diez años, como mínimo, porque en aquella tumba el tiempo era algo inconcebible.

-Se te han escapado, Jesús… Ahora sabrás lo que sentí yo, cuando tú te fuiste y yo me quedé en Stonehenge.

Lucius lo había percibido todo. La llegada de la Luces Brillantes, en forma de una vibración que conmocionó todo su cuerpo, como si este pugnara por introducirse en el agujero de gusano y empezar a desintegrarse en miríadas de átomos para recomponerse en el otro lado, pero la fuerza necesaria no era suficiente.

Como acercar dos imanes hasta el punto exacto en el que empieza su atracción sin dejar que se toquen.

Aunque sí que había sido doloroso, muy doloroso.

Había realizado ya tres viajes en el agujero de gusano, y la sensación de estirarte hasta el infinito era algo que trascendía los límites del dolor, pero ese amago… Uau, había sido algo que tardaría en olvidar.

Ahora ya estaba más calmado, y no solo eso, Lucius también se sentía… ¿Otra vez vivo? Sí, podría decirse que sí. Porque se había dejado morir en aquel pozo, después de que Jesús le tendiera una trampa en la que él había decidido caer de manera voluntaria.

En el momento en que empezó a descender por la rampa de la Cámara del Caos, sabiendo que Jesús accionaría el mecanismo que haría descender los bloques de dieciséis toneladas y le encerraría allí dentro para siempre, Lucius estaba hastiado, tan harto de su existencia que incluso aquel terrible emparedamiento le parecía algo liberador.

Y lo había sido.

No hacía ni frío ni calor allí abajo.

Solo que el aire era escaso, y la sensación de ahogo era permanente, tardaba uno en acostumbrarse, igual que a la espantosa necesidad de beber sin poder hacerlo.

El hambre era diferente. Se dominaba, sin darle más vueltas, pero la sed…

En aquel momento haría cualquier cosa por llevarse a la boca una jarra de *hnkt*, esa cerveza con sabor a azafrán que vendían en las tabernas La Cola del Cocodrilo.

Las tabernas La Cola del Cocodrilo eran propiedad de la estirpe de Chiaru, el gran amigo de Jesús, lo que le devolvió de nuevo a la realidad.

Ahí arriba había ocurrido algo muy trascendental, algo que había trastocado su cuerpo y el de Jesús, porque él también estaba allí.

-Has terminado la pirámide, ¿verdad? Las escribas de tu observatorio astronómico te dijeron el momento exacto en que llegarían las Luces… pero se te han escapado… ¡Ja, ja, ja!

No tenía ninguna certeza de todo aquello, pero lo sabía, había ocurrido así. Jesus y él tenían una extraña interconexión mental. Le había estado percibiendo todos aquellos años allí arriba. No es que viera lo que Jesús hacía, ni lo que pensaba, pero notaba una especie de molestia interior cuando él se acercaba a la pirámide.

Y ahora se alejaba.

No en dirección a *Ineb-hedy*, sino hacia el desierto.

Jesús había perdido la oportunidad de salir de allí viajando en el Agujero de Gusano y ahora tenía otra eternidad por delante.

Lo mejor de todo aquello, de la eternidad encerrado en aquel espantoso lugar debajo de la Gran Pirámide, era que Lucius había percibido con claridad dónde se hallaba la nave enterrada bajo la arena. En el momento en que las Luces Brillantes lanzaron su rayo hacia el suelo lo notó claramente:

una perturbación que le provocaba un dolor muy agudo en la parte baja de las sienes. Se trataba de un magnetismo muy intenso y asociado a su don de la inmortalidad.

Y si algo muy grande provocaba ese influjo no podía ser más que la nave con la que se comunicaban las Luces Brillantes, tal como le había explicado Jesús en Stonehenge.

En la explanada donde se levantaba el Cromlech más famoso de la historia, Jesús había sido testigo de la caída de una nave y de su enterramiento a causa del tremendo impacto contra la superficie. Lo que no sabían era si las naves caían a propósito o porque se averiaban, pero sí que era muy evidente que las Luces Brillantes llegaban para suministrarles algo, posiblemente energía, o para intentar rescatar a sus ocupantes.

Aquellas naves producían el Eco que podía ser percibido por el oído humano. Así que había más naves enterradas en diferentes lugares del planeta: Debajo de Stonehenge, muy cerca de la Gran Pirámide de Giza, bajo la pirámide de Kukulkán o en las profundidades del Gólgota, donde fue crucificado Jesús.

Y también bajo las aguas de Cala Tuent, en la isla de Mallorca, donde, en realidad, empezó todo para Lucius.

En aquellos lugares se había oído el Eco a lo largo de la

Historia de la Humanidad, y estaba documentado. Además, Jesús en persona fue testigo de la caída de una de las naves. Era totalmente cierto, nada de teorías. Solo la pura verdad.

-Bueno, ha llegado la hora de salir de aquí… Con paciencia, ¿eh, Lucius? Con mucha paciencia, como siempre… - pensó, mientras daba vueltas en sus manos a una redondeada piedra de dolerita. Los canteros usaban aquel material volcánico, mucho más duro que el granito, para perforar los túneles y moldear los inmensos bloques que formaban la pirámide. El trabajo de aquellas pobres personas era insufrible. Interminables horas acuclillados en posiciones inverosímiles, golpeando con las dos manos y una bola de piedra una superficie que apenas notaba el efecto de su esfuerzo.

Los que habían tallado la Cámara del Caos en la roca viva del subsuelo del desierto se dejaron allí cinco de aquellos percutores de piedra. Lucius los había encontrado palpando en la oscuridad. Sus dedos recorrían sin parar las rugosas paredes de caliza, porque no tenía nada mejor que hacer. Conocía de memoria todas las grietas y señales de percusión de las paredes de aquel pozo. La oscuridad provocaba que las manos fueran los ojos, que el tacto sustituyera a la vista.

Pero ahora, tras aquella dolorosa sacudida magnética

provocada por la llegada de las Luces Brillantes, sabía que la nave enterrada estaba relativamente cerca de él… y necesitaba ir a su encuentro.

-Tengo que saber qué escondéis ahí debajo, y porqué habéis venido a la Tierra. Y, además, tengo todo el tiempo del mundo para hacerlo, porque vosotros mismos me lo concedísteis…

Tomó una de las piedras de dolerita con las dos manos y se concentró en localizar el lugar donde se situaba exactamente la nave, dando vueltas sobre sí mismo. Una vez que lo hubo hecho respiró profundamente, todo lo que permitía el viciado aire del pozo, y golpeó la pared de granito.

El primer golpe de los millones que tendría que dar hasta lograr excavar un túnel en la roca madre, bajo la arena del desierto, para conseguir llegar a la nave…

Una vez allí no sabía lo que haría, pero antes podían pasar siglos, o milenios.

Dio un segundo golpe y una lasca de piedra le golpeó la cara, y después un tercero.

Mamen observó uno de los símbolos más destacados del palacio de Cnossos, los Cuernos de Consagración.

-Shhh, tranquila cariño, ahora te doy de mamar… Tranquila, amor mío.

Deseó que una tablet apareciera en sus manos, lo que ocurrió al instante, porque la Esfera de los Deseos seguía con ella, flotando sobre su cabeza, y buscó en Google información sobre aquel lugar:

"El Palacio de Cnosos es el más importante de los palacios minoicos de Creta (Grecia). Fue construido en torno a 2000-1900 a. C. y nuevamente reconstruido tras sufrir dos destrucciones hacia 1700 y 1450 a. C. Además de ser la residencia de los reyes, probablemente cumplía funciones religiosas y redistribuía recursos económicos. La complejidad de su estructura y abundancia de estancias y pasillos ha hecho que algunos lo identifiquen con el mítico laberinto de Creta."

Al terminar de leer el resultado de su búsqueda en Google recorrió una vez más con la vista la inabarcable distribución de aquellos edificios entre los que pululaba un montón de gente vestida con túnicas y con coronas de hojas de olivo en la cabeza. Le hizo gracia aquella moda de llevar hojas naturales en la cabeza.

-Vísteme como esta gente… Y también a Mnemósine -
le ordenó a la esfera.

Su indumentaria no cambió demasiado de la que le
había dado la Esfera en el palacio de Micenas: continuaba
llevando un peplo, una túnica de lana atada a los hombros
con un broche de bronce y una himatión, una capa atada
sobre el hombro izquierdo y recogida sobre el lado contrario.
Lo que cambiaba era la policromía. En Micenas la ropa
apenas tenía color, pero aquí era una explosión de ocre, azul
cobalto y verde oliva.

-Me encanta - murmuró, contemplándose a sí misma. -
¡Ja, ja, ja! ¡Mnemósine, tú también estás preciosa!

La bebé llevaba la misma ropa que ella, pero en
miniatura. Mamen se sentó sobre una roca y le quitó la
himatión, que parecía molestarla. Mnemósine tenía cinco
días, en los que, en realidad, Mamen no había hecho más que
llorar.

Toni… maldita sea. Todavía estaba furiosa con él,
aunque se le iba pasando poco a poco, pero era difícil olvidar
la escena del palacio de Micenas: ella saliendo del dormitorio
de la reina Clitemnestra para enseñarle a la bebé, la madre
más orgullosa y feliz del mundo, y él… borracho,
dormitando en el trono del rey con la saliva cayéndole por la

barbilla…

-Tienes que controlar tus reacciones, Mamen - se dijo a sí misma. -Te has convertido en una asesina en serie, joder.

Mientras decía eso se abrió el peplo y destapó su pecho izquierdo, repleto de leche. Tomó a Mnemósine y le acercó la boquita a su hiperdesarrollado pezón, que la niña empezó a chupar con avidez.

Ella y la bebé llevaban cinco días durmiendo entre la maleza de los alrededores del palacio, protegidas por la burbuja que las aislaba del frío y del calor. Solo ellas dos, Mamen, la diosa Gea, y su bebé *Μνημοσύνη*. La madre llorando sin parar, en plena depresión postparto, y la bebé chupando de su pecho y llorando también, a veces, cuando los gases le hinchaban la barriguita y se acumulaban en su aparato digestivo aún por desarrollar.

A Mamen le gustaba aquella soledad. Estar allí con su hija, formando unos lazos que durarían mientras vivieran. No necesitaba compañía, pero aquella mañana se había decidido, por fin, a entrar en el mítico palacio de Cnossos.

-Voy a presentarte en sociedad, cariño mío, ya que la presentación a tu padre fue un desastre…

Toni se había quedado en el Peloponeso y ellas estaban ahora mismo en la isla de Creta. Mamen no pensaba ir a buscarle por el momento. Que se jodiera. Ahora la esfera la obedecía solo a ella. Estaba muy enfadada, más de lo que había estado nunca…

-Vale, vale, es cierto que la niña no es tuya, tú no eres el padre y no tienes porqué hacer de padre… - dijo, como si Toni estuviera en ese momento delante de ella. -…Y también es verdad que no tengo derecho a castigarte de esta forma tan cruel, dejándote allí… - añadió, ensimismada, mientras la bebé, ahita, daba las últimas chupadas. Bajó la cabeza y empezó a hablarle a ella: -Creo que me ha cambiado demasiado el carácter, hija mía. Me he vuelto una persona imprevisible, ¿no? Antes yo no era así. Tu mamá era una chica a la que le gustaba mucho salir por las noches y que estaba siempre peleada con su madre, tu abuela, pero tenía un carácter tranquilo, nada de enfados como el del otro día, ni de caprichos ni cosas raras… Y ahora… Pero es que las cosas te van cambiando… ¿Ya no quieres más? - Levantó a la niña y se la puso sobre el hombro para que sacara los gases. Estaba sentada sobre una gran roca, bajo la sombra de un olivo centenario, rodeada de una gran bandada de estorninos que hacían un ruido ensordecedor. -Ya he vivido muchas cosas, hija mía… ¡Imagínate! Tenía diecinueve años cuando llegaron aquellas Luces Brillantes al Port de Sóller, donde vivía tan feliz con mi familia… Bueno, tan feliz no, tu tío, mi hermano Joan, había muerto en un accidente de coche, y eso me ponía muy triste, y tu tía, mi hermana Isabel, estaba enferma de cáncer, aunque decían que iba a curarse… Tengo que admitir que no todo era perfecto antes de que llegaran esas Luces, o Naves, porque está claro que eran naves extraterrestres, y mataran a todo el mundo… Fue horrible, Mnemósine. Es muy difícil de imaginar. Yo, Toni, y otra persona llamada… creo recordar que Lucius, aunque no estoy segura, estábamos bajo el agua del mar, porque yo tropecé y me caí en el puerto, y ellos se lanzaron a por mí, así que cuando las naves llegaron y lanzaron sus rayos o lo que fuera que hicieran, nosotros tres nos salvamos porque no nos afectó, pero al salir del agua todo el mundo estaba muerto y todas las casas se habían caído, y no había luz ni funcionaba ningún coche… Cuando yo vi todo eso me fui corriendo hasta lo que había sido mi casa, histérica, a ver cómo vas a estar cuando te encuentras de repente con esa catástrofe, pero solo había una montaña de escombros. Todas las casas se cayeron como si fueran de cristal. Yo creo que esas naves producían una vibración, como una especie de terremoto, pero sin que la tierra temblase, solo lo que estaba sobre ella, y esa vibración hacía que a la gente le explotase el corazón, o algo parecido…

Le reconfortaba mucho hablar con su bebé, como si ella entendiera alguna palabra, pero se trataba de afianzar un vínculo entre ellas, y que Mnemósine escuchara su voz parecía lo más acertado.

-Así que no es raro que mamá haya cambiado tanto, porque me han pasado de cosas raras y extrañas… Ni te lo puedes imaginar. Y a tí también, cariño mío, el tesoro de su mamá. ¿Sabes que fuiste concebida en Granada? Sí, una ciudad de España. Una ciudad muy bonita, la más bonita del mundo. Y ahora estamos en Grecia, solo que cuatro mil años antes… ¡Ja, ja, ja! ¿Qué locura, eh? Locura total, locura al cuadrado, hija mía, no sé como podré explicarte todas estas cosas cuando empieces a entenderme, cariño…

Mnemósine eructó y luego cerró los ojos para dormir durante un par de horas. Mamen ya empezaba a conocer los biorritmos de su hija. Se despertaba cada cuatro horas, mamaba y se volvía a dormir, aunque sabía que esos ciclos se irían modificando a medida que pasaran las semanas y la bebé se mantendría mucho más tiempo despierta, explorando el mundo.

-Anda, vas toda mojada…

Miró a la esfera y le pidió una tela de lino suave, de

cincuenta por veinte. No tenía ni idea de qué clase de pañales se usaban en la Grecia micénica, lo de las tiras de lino se le había ocurrido a ella y funcionaban muy bien, aunque no como los pañales del siglo veintiuno, por supuesto.

-Tráeme la bañera con agua a dieciocho grados, el jabón neutro y la esponja.

A sus pies, entre la hierba, apareció una bañera de plástico para bebés, de color verde, y el resto de utensilios. Mamen quitó el pañal de lino a Mnemósine y la metió lentamente en el agua. La bebé se sobresaltó al principio e inició un amago de llanto, pero enseguida se relajó con la agradable temperatura.

-Shhh… tranquila, cariño. Mamá te dará un bañito y dormirás muy a gusto.

De repente empezó a escucharse una terrible agitación entre la maleza. Mamen miró hacia su derecha, asustada. Una altísima mata de acanto se abrió y de ella surgió un macho cabrío, de grandes cuernos retorcidos, balando con desesperación, trotando hacia ellas. Detrás del animal se oían ladridos. El macho cabrío fue directamente hacia Mamen y Mnemósine, sin posibilidad de variar su enloquecida trayectoria, pero chocó contra la burbuja y salió desviado hacia el tronco del olivo. El impacto de sus cuernos contra el árbol sonó como un cañonazo. Mamen dio un grito mientras sacaba a la bebé de la bañera y se agazapaba sobre sí misma. En ese instante aparecieron dos enormes perros, que perseguían al macho cabrío, y chocaron también contra ellas con el mismo efecto, salir despedidos hacia los lados. Se entabló una feroz pelea entre los tres animales, el macho cabrío defendiéndose con los cuernos y los perros acechándolo, levantando una nube de polvo brillante bajo los rayos del sol.

—ἀνά! ἀνά!

Se escuchaban unos gritos sobre el estruendo de la contienda. Un muchacho de unos doce o trece años, con un bastón en la mano, de muy baja estatura y empapado en sudor, surgió de improviso desde la mata de acanto. Gritaba "¡Parad! ¡Parad!" con los ojos desorbitados. Mamen le entendió perfectamente, aunque hacía días que no escuchaba a nadie hablar griego clásico, pero recordó que Toni le había pedido a la Esfera hablar y entender el idioma y el don seguía funcionando con ella. El griego de la isla de Creta tenía algunas diferencias con el de Micenas, sobre todo en el sujeto de las frases, que era en tercera persona del plural. Cuando querían decir "Yo quiero comer" decían "Nos queremos comer", así que se trataban de usted a ellos mismos. A Mamen le pareció muy graciosa aquella diferencia.

Los gritos del muchacho no hacían mucho efecto en los perros, que seguían lanzando dentelladas al macho cabrío, así que, antes de reparar en Mamen, se agachó para recoger piedras del suelo y empezó a lanzarlas con rabia, mientras seguía gritando *ἀνά! ἀνά!*

Mamen admiró la valentía del muchacho, porque los perros eran casi tan altos como él, pero los animales le obedecieron enseguida al recibir las primeras pedradas y corrieron a su lado. Mientras el pastor se acercaba a colocar un lazo que llevaba atado a la cintura al macho cabrío, ella aprovechó para pedirle a la esfera que se llevara la bañera y los utensilios. Tenía muy claro que no podía interferir en la Historia, como por ejemplo, con objetos de plástico, por eso usaba pañales de tela para su hija. Al fin y al cabo estaba allí con un fin turístico, ver el palacio de Cnossos y descubrir si existía o no el Minotauro, y nada podía delatar su origen.

-*χαῖρε!* - le dijo al muchacho, que aún no se había percatado de su presencia. Uno de los perros sí que se había acercado a olisquearla, pero enseguida había vuelto junto a su amo.

El chico dio un respingo, tan brusco que los dos perros empezaron a ladrar hacia Mamen y el macho cabrío salió de nuevo corriendo, despavorido.

-χαῖρε! - repitió ella, sonriendo y levantando la mano. La verdad era que, a simple vista, no había nada extraño en su apariencia. Iba vestida y peinada a la manera cretense y llevaba una criatura recién nacida entre los brazos.

El chico se sobrepuso y respondió al saludo con la mano, calmando con la otra a los perros.

-ὁ αντροποσ φιλει τον λογον (lo sentimos si os hemos asustado) - dijo ella de nuevo. -Ποῦ ἐστιν ὁ ἀνήρ (Nos vamos al palacio)

El muchacho asintió con la cabeza, lo que reconfortó a Mamen, porque le encantaba ver que algunos gestos, como afirmar moviendo la cabeza de arriba a abajo, se usaban ya cinco mil años antes de su tiempo.

Empezó a caminar y se metió entre los arbustos, que se iban separando a medida que ella pasaba por el efecto de la burbuja protectora. El chico la observó alejarse, aplastando la hierba sin que sus pies la tocaran, rascándose la cabeza, pero enseguida se olvidó de ella y corrió en busca del macho cabrío. Su padre le mataría si perdía al animal y algún otro pastor se lo llevaba a su rebaño.

-¡Vaya, si qué es grande! - exclamó Mamen al cabo de un rato. Se había detenido en medio de un camino empedrado por el que circulaba una gran cantidad de mujeres y de hombres, algunos con jarras en la cabeza, otros acompañados de niños y de perros. Pasaban también jinetes, algunos a caballo, pero la mayoría a lomos de burros o asnos, todos con las alforjas repletas de alimentos, verduras, panes y cabras u ovejas muertas, con sus cuellos bamboleando y los ojos vidriosos. Mamen dedujo que era día de mercado, o quizás ese ajetreo era el habitual en aquella carretera que conducía al palacio de Cnosos, pero eso le iba de perlas, porque nadie estaba lo suficientemente ocioso para fijarse en ella, todo el mundo estaba concentrado en sus asuntos o caminaba mirando al suelo, hablando con la persona de al lado.

-Ἐλεύθερός εἰμι - gritó alguien de pronto. Ella se había quedado embobada en medio de la calzada y la gente que no lograba esquivarla chocaba contra la burbuja y salía despedida hacia los lados, provocando colisiones en cadena.

Se apartó a un lado y continuó caminando hacia la

entrada de la gigantesca construcción. Más que un palacio se trataba de una ciudadela en la que se habían ido añadiendo edificios y salas anexas. De hecho, las obras continuaban, porque había andamios por todas partes, y el repiqueteo de los canteros resonaba sin parar hasta que los oídos se acostumbraban y dejaban de percibirlo.

Unos veinte metros antes de la entrada, que se efectuaba por el propileo occidental, la masa de gente se convirtió en un río humano. El propileo conducía a un corredor un poco más estrecho en el que un cuerpo de guardia hoplita armado con jabalinas observaba las caras y el aspecto de la gente. Debían conocer a la mayoría de los que entraban y salían, por eso enseguida se fijaron en Mamen, que se había detenido junto a un fresco de varios metros de largo y de colores destellantes en el que habían dibujado una procesión de mujeres y de hombres que portaban jarras para hacer ofrendas.

Los guardias no solo se habían fijado en los desconocidos rasgos de Mamen, sino en el curioso efecto que producía la burbuja. Estaba allí, detenida en el embudo que producía el estrechamiento del corredor, con un bebé en brazos, mirando las figuras de la pared con aire reconcentrado… y nadie la empujaba ni la movía de su sitio, y tampoco nadie la rozaba.

El capitán dio un grito y cuatro de los hombres adelantaron sus jabalinas para detener a la gente, pero el río avanzaba imparable y tuvieron que abrirse paso entre empujones y protestas. Cuando llegaron hasta donde se encontraba Mamen y uno de ellos fue a tomarla del brazo para que se acercara al cuerpo de guardia, su mano topó con la burbuja y no avanzó más. El hoplita se quedó petrificado de la sorpresa. Sus compañeros, al ver que vacilaba, hicieron lo mismo, con idéntico resultado. Mamen no se había dado cuenta de nada. Era una turista y actuaba como tal, deteniéndose a observarlo todo, detalles que para los nativos no tenían importancia alguna.

Cuando se cansó de mirar el fresco se dio la vuelta para seguir por el propileo y se encontró con los cuatro hoplitas de vistosos uniformes que la miraban boquiabiertos.

-¡Oh. joder! - murmuró. - Ya he llamado la atención. Ehh… hola, χαῖρε. Solo quiero… visitar el palacio… Τὸν ἄνθρωπον ὁρῶ.

De repente uno de los soldados dio un grito, mirando por encima de su cabeza. Había visto la Esfera, que flotaba a unos cinco metros de altura. Los demás también miraron aquel extraño objeto levitante, de un color azul cobalto, y gritaron al unísono: θεόσ μήτηρ! θεόσ μήτηρ! (¡Diosa Madre! ¡Diosa Madre!)

-¡Oh, no! ¡Otra vez lo mismo! ¡Solo estoy haciéndoos una jodida visita! - dijo ella, frunciendo los labios en un gesto de fastidio. A continuación cerró los ojos y deseó que la Esfera las llevara a otro lugar del palacio.

De repente, el decorado había cambiado por completo.

Ahora se encontraba en el interior de una sala de unos diez metros de largo por cinco de ancho. Los albañiles cretenses no dominaban la técnica del encofrado con hormigón y no sabían construir salas grandes y majestuosas, sino que la mayoría de estancias del palacio tenían las vigas maestras de madera de pino, un material poco duradero y nada útil para soportar grandes cargas.

En la sala había una mesa de madera de olivo con

platos y vasos de cerámica policromada, cuatro sillas con el asiento de piel de cabra y dos jergones con pieles de oveja. Las paredes estaban llenas de tapices, pero una de ellas estaba decorada con un precioso fresco que representaba a una manada de delfines.

Mamem observó la sala durante unos instantes. Tenía grandes vanos y permanecía en una deliciosa penumbra. De repente, Mnemósine se despertó y empezó a llorar.

-Ssshhh… ¿Qué te pasa, cariño? ¿Vuelves a tener hambre? Es imposible, te has hinchado hace un rato.

Se sentó en uno de los jergones y comprobó el pañal. Estaba seco, así que no era la causa del llanto.

-Son gases, ¿a qué sí? Tu barriguita no está preparada todavía.

Destapó el estómago de la niña y empezó a darle un suave masaje, teniendo mucho cuidado con el trozo de cordón umbilical, atado con un hilo de tendón de oveja, y que ya estaba tan seco que se caería de un momento a otro.

Pero el masaje no surtió efecto. Mnemósine lloraba cada vez más fuerte. Mamen miró a la Esfera, pegada al techo sobre su cabeza, y empezó a desear que a la niña dejaran de molestarle los gases, pero se contuvo. Había pensado muchas veces en eso en los últimos días. Si, como ella creía, Mnemósine no era inmortal, no poseía su don, ¿ordenarle a la Esfera que interviniera en su salud no la dañaría? ¿Y si, como había pasado con los Hecatónquiros, se equivocaba al desear algo y la mataba o la convertía en un monstruo?

Con un manotazo delante de su cara descartó la idea, pero la niña seguía llorando con desesperación.

-¡Está bien, tráeme a la mejor comadrona de este lugar!

Al instante apareció una mujer de unos cuarenta años.Tenía los cabellos muy largos, los labios pintados de un rojo estridente y la cara maquillada con un polvo blanco que le provocaba una blancura espectral. No vestía como Mamen. Su ropa consistía en una falda doble con vistosos colores, un corsé que hacía el efecto de cintura de avispa y una blusa de lino con un gran escote que casi descubría por completo los pechos. A todas luces aquella mujer vestía como las mujeres de la realeza en aquel lugar. Mamen se contempló a sí misma y no se sintió a gusto.

-¡Vísteme como ella! ¡O mejor, vísteme como la reina de este palacio! ¡Y viste a Mnemosine como una hija del rey!

Su aspecto cambió. La vestimenta pesaba ahora el triple que antes, lo que provocó que Mamen se encorvara y que la bebé lloraba aún más fuerte, porque su vestido le apretaba la barriga. Ahora llevaba el mismo vestido que la comadrona, pero de tela mucho más elaborada y con bordados en oro. Pero faltaba algo. La Esfera solo concedía lo que ella solicitaba, con absoluta literalidad y sin ninguna concesión a la imaginación.

-¡Y también el maquillaje! ¡Y el peinado! ¡Quiero ir maquillada y peinada igual que la reina del palacio!

Notó la espesa capa de maquillaje blanco, que le inmovilizó las facciones, y el peso del tocado, y los largos cabellos que le caían sobre los hombros, hasta la cintura.

La comadrona, al verla, inclinó una rodilla hacia el suelo, bajando la vista.

-ποῦ ἐστιν ὁ παῖς; (¿Puedes curar a mi hija?) - le pidió, señalando a Mnemósine con las manos.

La mujer no se movía de su posición, petrificada de miedo. Mamen cayó en la cuenta de que había visto su transformación en directo, cómo cambiaban sus ropas y su aspecto, cómo le crecía el pelo. Pero en lugar de tener empatía con aquella mujer, su actitud la irritó tanto que empezó a sufrir un acceso de cólera.

-¡Maldita sea! ¡Te he dicho que cures a mi hija, joder! -repitió, en un tono gutural y cavernoso. Adivinaba lo que estaba a punto de ocurrir, pero al mismo tiempo sabía que no podía hacer absolutamente nada para evitarlo.

La esfera lanzó un rayo y el cuerpo de la comadrona quedó partido en dos sobre las piedras del suelo, bamboleándose, en el estertor de la muerte.

-¡Oh, no!

Mnemósine lloraba más fuerte todavía. Mamen se llevó las manos a la cabeza y empezó a llorar. Le pareció oír pasos que entraban en la estancia y luego salían apresurados, después, sobre el llanto de la bebé, muchas voces que se acercaban, y ruido de metal, lo que significaba que alguien venía con armas, pero todo le daba absolutamente igual.

Lo había vuelto a hacer. Otro asesinato, esta vez totalmente injustificado.

Era como darle el mecanismo de disparo de un misil nuclear a una niña de cinco años.

¿Qué haría? Pulsar el botón, claro.

-Necesito a Toni… Necesito a Toni… - empezó a balbucear, mientras notaba muchos ojos que la observaban desde las puertas y las ventanas de la sala, pero inmediatamente cambió de opinión. -¡Y una mierda! ¡No necesito a nadie! ¡Joder, soy la Madre Naturaleza! ¡Soy Gea, una diosa del Olimpo!

Abrió los ojos que, por el efecto del llanto, tenía ahora mucho más grandes y profundos. El pigmento negro llamado παῖς, hecho con galena y sulfuro de plomo y que era tóxico y provocaba ceguera, aunque nadie lo sabía en aquel tiempo, se había expandido y creaba un fascinante efecto alrededor del contorno de sus ojos.

Un murmullo de admiración surgió de la multitud de cabezas que se agolpaban en los vanos de las puertas y ventanas.

-¡Lo arreglaré! ¿Vale? ¡Lo puedo arreglar! ¡Ahora veréis!

Miró hacia arriba y le dijo a la Esfera.

-¡Devuélvela a la vida, como estaba antes de que lanzaras el rayo!

El cuerpo de la comadrona se unió por el torso. Surgieron gritos de terror, de un tono muy agudo, desde la multitud apostada tras los ventanales. La mujer abrió los ojos y la miró, estupefacta. La ropa no se había recompuesto y la falda se cayó al suelo al levantarse, impregnada de sangre.

-¡Joder! ¿Por qué tengo que pedírtelo todo? ¡Ponle ropa nueva y llévate la vieja! - gritó Mamen, profundamente irritada.

La Esfera lo hizo. La mujer se contempló durante unos instantes y luego se agazapó en un rincón y empezó a mover el torso hacia adelante y hacia atrás en una reiteración autista.

Mamen no estaba en absoluto satisfecha. Además, la niña continuaba llorando.

-Vale, haz que mi hija no tenga dolor y… ¡Llévame a mí y a ella fuera de aquí…! ¡Al campo, llévanos al campo dónde estábamos antes de venir a este lugar!

Apareció en el mismo sitio donde, no hacía mucho, había tenido el encuentro con el muchacho de los perros y el macho cabrío. Mnemósine ya no lloraba. Mamen se sentó en el suelo y se tumbó sobre la hierba, aunque era un decir, porque la hierba no la tocaba, solo se aplastaba bajo la burbuja.

-¿Por qué todo es tan complicado?¿Por qué? ¿Por qué? ¡Soy una diosa, joder!

Estuvo meditando durante mucho tiempo, tanto que se hizo de noche. La naturaleza vivía y se desarrollaba a su alrededor, pero Mamen no percibía ninguno de sus cambios, ensimismada en sus reflexiones. Solo pudo sacarla de su inmovilidad el nuevo llanto de su bebé, que ahora sí que tenía hambre. Se la puso en el pecho para que se alimentara y luego ordenó a la Esfera que le cambiara ella misma los pañales, olvidándose del miedo atroz que tenía antes a que aquella extraña máquina, o lo que fuera, que permanecía siempre suspendida sobre su cabeza, interpretara mal sus órdenes y le hiciera alguna barbaridad a la niña. Por suerte, todo fue bien y Mnemósine, con su pequeño estómago bien lleno, volvió a dormirse después de pasar un rato balbuceando y contemplando a una pareja de mirlos de pico amarillo cazando insectos sobre una rama de olivo, a dos metros de ella.

-Tendremos que intentar entrar en el jodido templo sin burbuja, cariño… - dijo de pronto Mamen, cuando ya se había hecho completamente de noche y un fuerte vendaval había empezado a mover con furia las copas de los árboles. - Seremos cretenses normales, así, entre comillas, aunque llevaremos la Esfera, pero a ver qué ocurre… ¡Será muy emocionante, Mnemósine! Ya verás…

Se tumbó junto a su bebé y le acarició la rosada mejilla.

-Si algún día vas al colegio, si algún día volvemos a

tener una vida normal, serás la única niña de tu clase que ha estado en el templo de Cnossos, en el templo de verdad, claro… Je, je, je… Para que flipe tu profesora de Historia del Arte, ji, ji, ji… ¿Sabes qué? Tengo un montón de hambre. Creo que no he comido nada en todo el día, maldita sea. ¡Esfera, tráeme un banquete típico de aquí! Así mañana, si me dan algo de comer en el palacio, no pareceré una extraterrestre.

De inmediato aparecieron una serie de platos. Primero un caldo llamado κυκεών a base de cebada, agua y especias junto a una torta de harina, a continuación un plato de atún en escabeche con ὄψον, un acompañamiento de legumbres.

El tercer plato del banquete era un caldo negro hecho con carne de cerdo. No le gustó nada, tenía un sabor repugnante. Por último había una especie de queso líquido parecido a un yogur dentro de un cuenco de barro, con un chorro de miel por encima, aunque la miel tuvo que apartarla porque no estaba en absoluto filtrada y tenía alas y patas de insectos.

Al terminar de probarlo todo seguía estando hambrienta.

-¡Dame una pizza de tres quesos de Domino 's, con la masa clásica!

Mientras se comía la pizza un zorro apareció desde la maleza. Mamen se alejó un poco para que el banquete de la grecia arcaica quedara fuera de la burbuja y el zorro, mucho menos temeroso de las personas que los animales del siglo veintiuno, empezó a beber el caldo negro con una expresión de felicidad en el rostro.

Antes de dormirse pensó un rato en Toni. Ya no estaba tan enfadada con él, de hecho, los últimos acontecimientos le habían hecho olvidar el motivo por el qué… ¡Ah, sí! En el palacio de Micenas, cuando ella salió del dormitorio de la reina con su bebé en brazos, con una sonrisa maternal que ahora se le antojaba bastante bobalicona, Toni estaba despatarrado en el trono del rey, con el pecho empapado de vino, durmiendo la borrachera. En el salón había unas treinta personas, la mayoría hombres, incluido el rey Agamenón, al que recordaba con una barba gigantesca, de color anaranjado. El silencio que se hizo en aquella sala… Todo el mundo mirándola, ella observando a Toni, al que quería presentar a la bebé… Un ridículo espantoso. Si Toni y ella no hubieran sido Dioses, todos se hubieran echado a reír a carcajadas, eso por descontado. ¿Cómo podía haberse emborrachado mientras ella daba a luz?

-Je, je, je… - Ahora fue Mamen la que se echó a reír

mientras pensaba en su reacción. ¿Le había cortado en dos? Sí, lo había hecho. ¡Es que se lo tenía merecido! Y, de paso, todos los amagos de risa del público habían quedado cortados de raíz al ver el horrible espectáculo de alguien cuyo cuerpo cae al suelo dividido en dos mitades.

-Creo que me pasé un poquito, ¿verdad? - le susurró a Mnemósine. Habían aparecido otros dos zorros que se habían puesto a comer inmediatamente. Como ocurría cada noche, la naturaleza se olvidaba de que ellas dos estaban allí y estallaba a su alrededor. Erizos, comadrejas, víboras, lechuzas, y un sinfín de roedores empezaban su feroz batalla por la vida en cuanto se ponía el sol. A Mamen le encantaba observar aquella fauna mediterránea, primigenia, que la superpoblación de su tiempo había eliminado casi por completo. Algunos días de luna llena se quedaba despierta toda la noche observando la frenética actividad a su alrededor.

Pero hoy los ojos se le cerraban del cansancio. Había sido un día duro.

-Mañana… mañana volveremos allí, cariño… si las cosas no salen bien una… una vez, hay que volver a intentarlo… Je, je, ya empiezo a darte consejos… Dicen que empiezas a volverte mayor cuando empiezas a… a dar consejos y a decir refranes…

Aún no había salido el sol cuando los balidos del macho cabrío la sobresaltaron. El animal estaba allí, de pie, rumiando, mirándola con ojos penetrantes. Mamen se desperezó, justo en el instante en que el muchacho del día anterior salía de entre los arbustos y se quedaba petrificado. No esperaba volver a encontrarla allí en absoluto.

En ese momento ella pensó que era el momento perfecto para quitarse la burbuja, aunque, en realidad, no las tenía todas consigo. Llevaba mucho tiempo dentro de aquella coraza invisible que no dejaba pasar nada del exterior y que formaba su propio microclima, de forma que jamás sentía frío ni calor. ¿Cuándo se la habían pedido ella y Toni a la Esfera? Creía recordar que había sido la primera vez que bajaron del monte Olimpo, después de encontrarse con una manada de leones. Gracias a aquel halo invisible se ahorraban el daño físico, y eso era muy de agradecer. De hecho, ella misma había podido pasar una eternidad con sus hijos, los Hecatónquiros, sin que aquellos gigantes pudieran despedazarla por amor.

-Está bien… Vamos a probar…

De pronto, al ver al chiquillo, se había envalentonado.

Y también existía otro motivo mucho menos prosaico: tenía ganas de sentirse "normal", exagerando las comillas hasta el infinito, de volver a ser una persona, porque en muchas ocasiones sentía que había dejado atrás su humanidad y, aunque estaba muy por encima de cosas que provocaban dolor y sufrimiento, llegaba incluso a echarlo de menos.

-Si este niño de once o doce años se pasea por aquí, ¿por qué no voy a poder hacerlo yo? ¡Quítame la burbuja!

No sucedió nada visible, pero de repente sintió la humedad de la hierba impregnada de rocío en los pies, vestidos con sandalias de esparto, y los olores de su entorno penetraron en su nariz, obligándola a mirar hacia todas partes en busca del origen de aquellas nuevas sensaciones. El macho cabrío era el que emitía un olor más penetrante, hasta el punto de resultar nauseabundo. Las flores de pitaya, de aligustre y de mano de lagartija que se abrían a su alrededor le enviaban aromas sedosos y aterciopelados, pero el niño, el muchacho, olía fatal, una mezcla de sudor y orines, no muy lejano, pensó, del que debía despedir ella, porque, en realidad, llevaba muchos días sin lavarse, solo pendiente de la pequeña Mnemósine.

-¡Mi bebé!

Mnemósine estaba en el suelo, sobre la hierba mojada

de rocío. Con la burbuja no tenía que preocuparse de nada y podía depositarla en cualquier lugar, aunque fuera sobre cardos espinosos o sobre rocas puntiagudas, pero ahora todo había cambiado.

-¡Dios, estás empapada!

Tomó a la niña en brazos, miró hacia la Esfera y le pidió que le cambiara toda la ropa, incluido el pañal. mientras se volvía de espaldas para que el muchacho no contemplara el milagro. En ese momento llegaron los dos perros que perseguían al macho cabrío el día anterior y se acercaron a ella, olisqueándola.

- Ποῦ ἐστιν ὁ παῖς;? παῖδα ὁρῶ. (¿Puedes llamar a los perros? Me dan miedo) - le pidió, agarrando con fuerza a la niña.

El chico, que seguía embobado mirándola, reaccionó a sus palabras y dio un silbido, agachándose para recoger una piedra del suelo.

-ποῦ ἐστιν ὁ παῖς;? τάχα θεόσ μήτηρ? θεόσ μήτηρτελευτάω?

(¿Quién eres? ¿Eres la Diosa Madre? ¿La diosa Madre que han visto en el palacio?) - preguntó a continuación, con la voz temblorosa y estridente.

A Mamen le hizo mucha gracia aquel tono de voz

infantil en un chico que era capaz de dominar a esos perros de colmillos gigantes.

-εἴθε! γλαὐξ συλλογισμὀς? (¡Sí, soy yo! ¿Podrás guardar mi secreto?) - le dijo, con una gran sonrisa en los labios. El chico asintió con la cabeza, sonriendo a su vez. En la boca le faltaban varias piezas dentales y, al acercarse más a él, Mamen vio que tenía el ojo derecho medio cerrado y supurante, seguramente fruto de una infección.

-Espera, un momento, cariño - le indicó, señalando a su propio ojo, mientras le pedía a la Esfera que curase la infección del niño. Él lo notó al instante, porque enseguida se puso la mano en la cara, frotándose el globo ocular que ya no le dolía y le permitía ver perfectamente.

-Ehhh… Sería mejor que no te lo frotaras con esas manos tan sucias… - dijo Mamen, aunque sin demasiada convicción. Desde los conocimientos del siglo veintiuno no lograba entender cómo la Humanidad había logrado prosperar y llegar a ser la especie dominante en el planeta Tierra, porque las bacterias y los virus causaban verdaderos estragos. Infecciones respiratorias como bronquitis, neumonías, infecciones de piel y heridas, como la lepra o la gangrena, infecciones del sistema digestivo como la diarrea, la disentería o la fiebre tifoidea… la gente había estado muriendo durante cientos de miles de años por enfermedades que, a comienzos del siglo veinte, se curaban con un simple comprimido.

El niño asoció inmediatamente la curación de su ojo y el hecho que pudiera abrirlo y mirar hacia todas partes sin que le doliera a la acción de la Diosa Madre. De repente empezó a llorar de miedo o de emoción, Mamen no podía saberlo, aunque le provocó una gran ternura.

-No… No llores, cariño. ¿No es que yo te asuste, verdad? ¿Me dejas abrazarte?

Se acercó a él y abrió uno de sus brazos para abrazarle. El chico se agazapó al principio, cubriéndose la cabeza con las manos, lo que Mamen interpretó como una señal de que recibía con frecuencia castigos físicos y no estaba acostumbrado a que alguien se le acercara tanto con la sola intención de demostrarle su cariño.

-Tranquilo… No te voy a hacer daño… Así, relájate. ¿No te demuestran mucho amor, verdad?

Por fin logró vencer las reticencias del muchacho y le abrazó con fuerza durante un largo instante.

-Σύμβολον τῆς Πίστεως? (¿Cómo te llamas?) - le

preguntó.

-Πεισίστρατος - respondió el chico.

-¿Pisístrato? Ah, me gusta. Qué nombre tan… griego… je, je, je. Oye, Pisístrato. Voy a ir otra vez al templo, ¿quieres venir conmigo y con Mnemósine?

El chico asintió con la cabeza, pero inmediatamente cambió su sonrisa a un rictus dramático y dijo:

-¡Pero si no ordeño las cabras mi padre me matará!

A Mamen le dió mucha rabia aquello.

-¿Sí? Ya verás como no te pasará nada. ¿Dónde está tu padre?

-Nuestra casa está en Εὔξεινος Πόντος - respondió el chico.

-Vale, pues vamos para allá. No te asustes, ¿eh? Agárrate a mí.

Miró a la esfera y deseó ir a Εὔξεινος Πόντος.

Aparecieron junto a una cabaña de piedras y barro, con la techumbre de ramas de olivo. El chico dio un grito de terror al encontrarse de repente en un lugar diferente, soltó a Mamen y cayó de espaldas sobre la hierba. Ella le tendió la mano y le ayudó a levantarse de nuevo.

-No pasa nada, así es como viajamos los dioses… - le

tranquilizó, mientras observaba a su alrededor. La puerta de la cabaña estaba desvencijada y oscilaba con el viento sobre sus goznes de cuero. Todo estaba invadido por la maleza.

-¿Aquí? ¿Tu padre está aquí? ¿Y tu mamá?

-Mamá se murió - respondió el chico, venciendo los hombros, pero con una naturalidad que atravesó el corazón de Mamen como una flecha.

-Y papá está enfermo - añadió.

-Vamos a verle…

-¡No! - el chico se agarró a su vestido. -¡Me pegará con el bastón! ¡He dejado las cabras en la montaña!

Mamen se dio la vuelta y le miró fijamente a los ojos.

-¿Sabes una cosa, Pisístrato? Tu suerte acaba de cambiar. Soy una Diosa y ahora tú eres mi amigo. La vida te sonreirá a partir de este momento, ya verás.

Pisístrato no entendía ni una palabra de lo que ella decía, pero asintió con la cabeza, sonriéndole.

Mamen se asomó a la puerta de la cabaña, arrugando la nariz debido al intenso olor a orines y a cuajo. Cuando sus ojos se acostumbraron a la penumbra vio a un hombre sentado en una silla de esparto, inclinado sobre un barreño de madera. Estaba exprimiendo una bola de leche cuajada envuelta en un cochambroso trapo de lino.

-χαῖρε - gritó hacia la figura. El hombre se volvió hacia ella, paralizado por la sorpresa, mientras de su boca salía un exabrupto. - ¡No se asuste! ¡Vengo a ayudarles! - gritó ella, mientras sacaba medio cuerpo fuera para tomar aire. El de aquella habitación era irrespirable.

Volvió a mirar dentro. El hombre se había levantado y avanzaba hacia ella cojeando. Llevaba un bastón de madera de olivo sobre el que apoyaba de mala manera. Al llegar al círculo de luz de la puerta, Mamen vio con horror que su pierna estaba tumefacta, con un principio de gangrena. La sola posibilidad de que te amputaran una pierna en aquel tiempo en el que aún no se había descubierto la anestesia debía ser terrible, mucho peor que la muerte.

De pronto se destacó la voz del muchacho, cuyas ganas de anunciar un descubrimiento eran más poderosas que el miedo: -πατὴρ! θεὸσ μήτηρ! θεὸσ μήτηρ! (¡Padre! ¡Es la Diosa Madre! ¡La Diosa Madre!)

Fue ver al muchacho y la cara del hombre cambió de curiosidad a furia. Se apoyó al dintel y miró hacia el exterior mientras levantaba el bastón.

-διόρθωσις μισθοδοσία? καλάμη στέγος! (¿Dónde está el rebaño? ¡Te voy a matar si lo has perdido!)

Mamen se apartó unos pasos mientras comprendía,

apesadumbrada, cómo debía ser la vida de aquel chiquillo, solo en aquel lugar y con la única compañía de ese hombre amargado que debía descargar contra él su frustración. Pero lo que más le dolió fue ver que el chico no escapaba, porque podría hacerlo perfectamente, sino que, cubriéndose la cabeza con las manos, esperaba con resignación los golpes del bastón.

El hombre le descargó un solo golpe, que le dio en el hombro, y enseguida centró su atención en Mamen y en su bebé, pero la cara de rabia que vio en ella le dejó paralizado.

Estaba a punto de ocurrir de nuevo, y Mamen lo sabía.

Su deseo de matar a aquel hombre era tan grande que detener el rayo que saldría de la esfera dentro de unos segundos y le cortaría por la mitad era casi imposible…

Pero, de repente Mnemósine, que se había despertado, empezó a emitir sonidos, burbujas de saliva que estallaban cuando el aire pasaba entre sus labios, lo que hizo disminuir la ira de Mamen y la convirtió en ternura y alivio.

Ella bajó la vista y la miró, perpleja por el efecto balsámico que causaba en su estado de ánimo.

-Vaya, cariño - le dijo, frotando su nariz contra la de la bebé. -Has hecho magia en tu mamá. Gracias, muchas gracias…

Ahora aquella incontrolable rabia de Mamen se había convertido en serenidad. El hombre le decía algo, pero ella no le escuchaba. En su fuero interno estaba debatiendo qué era lo mejor para el muchacho, y estaba claro que matar a su padre no era ninguna solución.

-¡Cura la pierna de este hombre! - le ordenó a la esfera.

De súbito el padre del chico cayó de bruces al suelo, dando un alarido. Mamen se asustó, porque creyó que la Esfera había interpretado mal su órden, pero enseguida se dio cuenta de que la caída del hombre se debía a que ya podía andar perfectamente y eso había alterado su sentido del equilibrio. Ahora estaba sentado sobre la hierba aplastada, tocándose la pierna con precaución, sin dejar de murmurar palabras inconexas. Las miradas de Mamen y del chico se cruzaron. Él la miraba todavía más perplejo que el padre.

-¡Haz que este hombre ame a ese chico como el mejor padre del mundo y que jamás vuelva a enfadarse con él!

La cara del hombre cambió en aquel instante y adquirió un tono amable y distendido. Se levantó y corrió hacia el chico, que se protegió con las manos, pero lo único que recibió fue un fuerte y prolongado abrazo de su padre.

Mamen contemplaba la escena satisfecha, con los ojos humedecidos. El muchacho lloraba desconsoladamente, incrédulo ante una muestra de amor que ya no recordaba.

-Bueno, vamos a terminar el trabajo… ¡Convierte esta cabaña en una casa de dos pisos y de cuatro habitaciones, como las del palacio de Cnossos!

Al instante el suelo tembló y una construcción de piedra, argamasa y madera ocupó el lugar de la ruinosa cabaña. El hombre y el chico gritaron mientras caían al suelo, alejándose a rastras sobre la hierba. Mamen estaba exultante.

-¡Un rebaño de… cien cabras! ¡Y un establo para los animales!

Una construcción de madera ocupó el lugar de una colina rocosa situada a la derecha de la casa. Dentro empezó a escucharse un concierto de balidos de animales.

-ῥᾴδιος γαστήρ (Es todo vuestro. Disfrutadlo) - dijo Mamen, satisfecha. El padre y el hijo se levantaron y corrieron a asomarse dentro del establo. El chico regresó dando grandes zancadas para abrazarse a ella y apoyar la cara en su pecho.

-¿Te gustaría volver a tener a tu mamá, eh? - le dijo ella, acariciándole el pelo. Se le había ocurrido que podría pedir que la madre "resucitara", pero descartó la idea por demasiado cruel. Además, ¿qué efecto podía causar que alguien muerto, al que probablemente habían visto expirar el hombre y el chico, porque no había hospitales y la gente se moría en su casa, regresara a la vida? Puede que se volvieran locos, no enseguida, pero sí más tarde. Mamen nunca se había detenido a pensar en las consecuencias de sus milagros, si es que podían llamarse así, en las mentes de la gente que los contemplaba, y eso le borró, por momentos, la sonrisa de la cara.

-¿Qué será de tí en el futuro, cariño? Me gustaría mucho saberlo… - murmuró, mientras descubría una garrapata pegada al cuero cabelludo del muchacho. -¡Llévame a algún momento de la vida de este chico, dentro de treinta años!

Se encontró en un anfiteatro al aire libre, repleto de gente vestida con túnicas y sombreros para protegerse del sol. Un hombre sentado a su lado se volvió hacia ella. Tenía el pelo negro sujeto con un turbante de color rojo y una barba negra y rizada, pero en la que ya se entreveían las canas.

-Vaya, eres tú, Pisístrato - dijo ella, reconociéndole. El transcurrir del tiempo le había sentado muy bien al chico, aunque, al mirarlo más de cerca, Mamen vio una fea cicatriz de bordes irregulares recorriendo su mejilla izquierda. El hombre también la reconoció, al fin y al cabo ella no había cambiado en absoluto.

-¿Diosa Madre? - dijo. Su cara reflejaba la más absoluta perplejidad. -¡Diosa Madre!

Varias cabezas se volvieron en su dirección. En el escenario se representaba una tragedia. Un grupo de personas se movían y recitaban por turnos, ataviados con disfraces y máscaras.

-Sí, soy yo, Pisístrato - dijo Mamen, con una sonrisa. - Solo he venido a ver como estabas. Me voy enseguida.

-¡No, no te vayas, Diosa Madre! - respondió Pisístrato, en un tono comedido. Era consciente de que su relación con la Diosa Madre le pertenecía únicamente a él y no podía hacer partícipe a nadie. -Ven conmigo, por favor.

Mamen dudó unos instantes. Ahora más gente se había vuelto hacia ella, incluidas varias mujeres, que miraban sus ropas con curiosidad. Era evidente que no iba vestida según la moda del momento.

-Espera un segundo…

Deseó vestir como la mujer más importante de aquel lugar. Al instante notó un gran peso en sus orejas y en su garganta. Se llevó la mano a la parte derecha de su cabeza y notó un gran aro colgando. Bajó la vista y vio un medallón que parecía de oro sobre su pecho, colgando del cuello. Un murmullo de sorpresa surgió de la boca del grupo que le rodeaba.

Pisístrato la miraba fascinado, incapaz de moverse. Fue Mamen quién se levantó de su asiento.

-Vamos… vamos a mi casa… - acertó a decir. Ya les miraba medio anfiteatro.

En el exterior había una larga fila de literas. Los porteadores estaban sentados en el suelo, pero la mayoría se levantó de un salto al ver la imponente presencia de Mamen, con su bebé en brazos. Pisístrato le rogó que se sentara en su litera, que era solo de una plaza.

-¿En qué lugar estamos, Pisístrato?- le preguntó, instantes después de ponerse en marcha. Circulaban por una calle muy transitada, aunque maloliente, como todas. Por una hendidura del empedrado situado en el centro de la vía se deslizaba un río con toda clase de inmundicias, restos de verduras, animales y pescados destripados, orines y heces humanas, pero nadie le daba importancia. Los porteadores se esforzaban por abrirse paso cuando la calle se estrechaba y no meter los pies en el canalón del desagüe, por lo que la mayoría del tiempo la litera viajaba sobre él. Mamen pensó con repugnancia que si se rompía alguno de los brazos de madera de aquel medio de transporte, ella y su bebé caerían directamente encima de la alcantarilla.

-Ἀθῆναι - respondió Pisístrato, que no podía dejar de mirarla, absorto, mientras vigilaba dónde ponía los pies.

-Ἀθῆναι? ¿Atenas? ¿La del Partenón? ¡Vaya! - exclamó ella, mientras lamentaba no haberse informado mejor sobre la época a la que se trasladaba, como solía ocurrirle siempre. - ¡Dame la tablet! - le pidió a la esfera, que viajaba sobre la litera, observada por los ojos temerosos de los porteadores y de los vecinos que, asomados a las ventanas, se encontraban aquel objeto de color azul ante sus caras.

Cuando apareció la tablet en la mano de Mamen uno de los porteadores casi soltó la litera del sobresalto, aunque ella trató de ocultarla enseguida bajo su ropa.

Primero tecleó el nombre de Pisístrato. En la búsqueda de Google apareció el título "Tirano de Atenas", lo que le causó una gran sorpresa.

-¿Tirano? - volvió a observar el rostro de aquel hombre que caminaba a su lado. Sí, era él, la fotografía que acompañaba los resultados de Google lo dejaba bien claro.

Continuó leyendo:

"Hijo de Hipócrates, un filósofo y profesor perteneciente a una familia aristocrática ateniense cercana al legislador Solón, Pisístrato se distinguió en la guerra contra Mégara (c. 570-565), dirigiendo el ejército ateniense como polemarca. Logró recuperar Salamina y conquistar la ciudad de Nisea, el puerto de Mégara. Sus acciones y su amistad con Solón le valieron un lugar destacado en la política ateniense, que pronto sabría explotar."

-¿Hijo de Hipócrates? ¡Ja, ja, ja! ¡No puede ser! - Mamen no pudo evitar reírse. No sabía muy bien quién era Hipócrates, así que decidió buscarlo:

"Hipócrates (Hippokrátēs, Ἱπποκράτης) fue el padre de Pisístrato, tirano de Atenas. Según se decía, había recibido el anuncio de la futura grandeza de su hijo durante unos sacrificios que hizo en los Juegos Olímpicos. Quilón de Esparta, que estaba presente, le comunicó lo que pasaría y aconsejó no casarse ni tener hijos, pero Hipócrates no siguió el consejo. Decía ser descendiente de Néstor, el rey de Pilos en los poemas de Homero."

-¡Ah, vale, ahora lo entiendo! Ya empezáis a usar los medios de comunicación a vuestro favor… - murmuró, divertida. Era evidente que las inscripciones y documentos habían sido falsificados, porque el padre de Pisístrato no había sido Hipócrates, Mamen lo sabía perfectamente. Al llegar al poder, seguramente gracias a la mejora de posición social que ella misma había propiciado al darl a él y a su padre salud, una casa señorial y un gran rebaño, Pisístrato se había esforzado en fabricarse una ascendencia, pagando a los cronistas de aquel tiempo, como Homero, para que su linaje proviniera de la nobleza.

Aquello divertía a Mamen, pero a la vez le preocupaba mucho que estuviera modificando el curso de la historia. Si ella no hubiera curado al padre de Pisístrato, este habría muerto por la gangrena en muy poco tiempo, y a lo mejor también habría muerto el propio Pisístrato a causa de la infección de su ojo, solo, sin nadie que le cuidara, en aquella casa de la montaña.

-Así que en realidad, yo creé a este personaje, un tirano... ¿Pero qué demonios es un tirano? ¿Es algo bueno o malo?

Lo buscó, con mucho disimulo, en la tablet: "La tiranía (del latín tyrannus, «gobernante ilegítimo o un solo hombre», y a partir del griego τύραννος, «rey soberano, gobernante de una polis») en el sentido que se dio al término en la Grecia antigua, era el régimen de poder absoluto, de ordinario unipersonal, instaurado por un tirano; el gobernante que había accedido al poder mediante la violencia, derrocando al anterior gobierno de una polis (las ciudades-Estado griegas), gracias al apoyo popular (el del demos, «pueblo») o mediante un golpe de Estado militar o una intervención extranjera."

Después de leerlo se quedó unos instantes pensativa. Cualquier cosa que hacía, no solo cuando se lo pedía a la Esfera, sino su sola presencia en aquel lugar, influía en el Tiempo para siempre...

-No debería estar aquí, ¡pero es que tampoco es culpa mía! - murmuró, agobiada por tantas incertidumbres. -¡Yo no pido viajar en el Tiempo! Bueno, sí que lo pido, pero el viaje original fue por culpa de aquel Alien que se encontró debajo de una torre de la Alhambra, en Granada… Y la Esfera se la dio a Toni uno de los Aliens que se murió delante de él, en Sant Elm… ¡Así que, si cambio algo, os jodéis y os aguantáis!

Desde la posición de un espectador ajeno, parecía que Mamen le estaba hablando a su bebé, así que la marcha prosiguió hasta que llegaron a la fachada porticada de una casa de una planta que, como principal signo de ostentación, tenía las paredes revocadas de argamasa y pintadas con vivos colores verde y azulado, a diferencia de la mayoría de viviendas del vecindario cuyas fachadas estaban hechas de adobe y piedra en basto, sin revoco alguno.

Al abrirse las puertas de madera de pino de la casa una algarabía atronó los oídos de Mamen. Un grupo de niñas y niños jugaba al escondite en torno a un patio central, con un parterre de flores y un olivo centenario, flanqueado por habitaciones de las que entraba y salía gente. Todo el mundo se quedó inmóvil al ver que una mujer vestida con una ropa impresionante y el cuello y los brazos llenos de oro bajaba de la litera con un bebé en brazos.

La chiquillería la rodeó al instante. Los niños eran menos impresionables que los adultos, pero ya se habían

dado cuenta de que algo excepcional estaba a punto de
ocurrir.

Pisistrato señaló con la mano hacia el rincón derecho de
la casa, donde tenía su sala de trabajo. Una mujer, que debía
ser su esposa, aunque parecía mucho más jóven que él, se
destacó del semicírculo de espectadores con la intención de
presentarse a Mamen, pero Pisístrato la rechazó con un gesto
de la mano.

A Mamen aquello no le hizo nada de gracia. La mujer
había bajado la cabeza y caminado hacia atrás unos pasos.
Ella se detuvo y la miró con ternura, indicándole que se
acercara, pero ella no se movió, el temor a su marido
superaba con creces la curiosidad. Tuvo que ser Mamen la
que se fue hacia ella. Al llegar a su altura, sonriéndole, le
rodeó la cintura con su brazo libre y le dio dos besos en la
mejilla, sin pensar si aquel gesto era habitual o no en la
Grecia Arcaica. Un murmullo de sorpresa se levantó del
semicírculo. No, al parecer que dos mujeres se besaran las
mejillas para saludarse no era lo más corriente, pero a
Mamen eso le traía totalmente sin cuidado.

-Si a alguien no le gusta que se joda - señaló, sonriendo
a la joven. - ¿Cómo te llamas?

-Ρωξάνη - tartamudeó ella, presa de los nervios.

-Ρωξάνη?¿Roxana? ¡Me encanta ese nombre! Yo soy Mamen, aunque me puedes llamar Γαῖα, Gea, o Gaia, me gusta que me llamen así… ¡Espera, quiero hacerte un regalo! - miró hacia la esfera. -¡Ponle un collar y unas pulseras de oro como las mías!

Las joyas aparecieron en el cuerpo de Roxana, lo que provocó que lanzara un involuntario grito de sorpresa y que el semicírculo retrocediera hacia el pasadizo porticado que flanqueaba el patio.

-¡Tranquila! Es un regalo para ti, Roxana, porque me caes muy bien…

Al mismo tiempo Mamen miró a Pisístrato quien, recordando lo que había hecho la Diosa Madre con el carácter de su padre hacía veinte años, adivinaba sus intenciones.

-¡Qué trate a su mujer con la mayor amabilidad del mundo y piense en ella como si fuera él mismo! - deseaba Mamen mientras tanto.

La expresión del rostro de Pisístrato cambió por completo y empezó a mirar a Roxana con un rictus dulce y complaciente.

-¿Quieres venir con nosotros y hablar con Γαῖα, la

Diosa Madre, mi amor? - le preguntó, solícito.

Mamen no pudo evitar una carcajada al escuchar aquello. A lo mejor se había excedido. Lo de cambiar el carácter de una persona era algo tan subjetivo… Durante unos instantes se le había pasado por la cabeza la ilusión de que a lo mejor podía ordenar a la Esfera que todos los hombres del planeta tratasen a las mujeres de manera amable, pero la idea parecía incluso descabellada por lo ambiciosa y genérica. ¿Y el resto de hombres que llegaran después, en los siglos venideros? Dejó de lado aquel pensamiento, aunque sin apartarlo del todo en su cabeza.

Entraron ella, Roxana y Pisístrato en la sala de trabajo. La niña empezó a llorar en ese instante. Mamen olió su pañal y comprobó que estaba sucio. Ordenó a la Esfera, que se había quedado fuera, sobre el dintel, porque no podía pasar por la puerta, que la cambiara y después se sentó en una silla con el asiento de esparto para darle de mamar.

-Es una niña preciosa - dijo Roxana, sentándose a su lado. -¿Cómo se llama?

-Μνημοσύνη - respondió Mamen, con un tono de felicidad que solo una madre puede reproducir.

Pisístrato ordenó que trajeran comida y echó de la sala a las niñas y niños más atrevidos que se habían colado dentro.

-Me alegro mucho de que hayas regresado, Diosa Madre
- dijo, sentándose frente a ella. Después se dirigió a su mujer:
-Ρωξάνη, la Diosa Madre me encontró en Κρήτη, cuando
vivía con mi padre y todo era muy difícil… Ella me ayudó
tanto que siempre la he recordado. Y ahora… y ahora ha
venido a nuestra casa…

Empezó a llorar desconsoladamente. Un río de lágrimas
deslizándose por su poblada barba. Mamen se guardó el
pecho dentro del vestido, arropó a Mnemósine y le tomó la
mano.

-Πεισίστρατος, tú y yo nos cruzamos por casualidad,
pero yo no pude evitar ayudarte, y me alegro mucho de
haberlo hecho. Ahora estoy aquí, he venido desde aquel lugar
para ver cómo te ha ido en la vida.

-¿Quién eres, Diosa Madre? - preguntó Roxana, con la
voz temblorosa.

Mamen le tomó también a ella la mano. La respuesta
era muy complicada. Vaciló unos segundos antes de
responder.

-Yo soy como tú, Ρωξάνη, aunque tengo poderes que
me han sido concedidos por alguien que vino de arriba, del
cielo… Puedo hacer lo que quiera, puedo ir hacia adelante o
hacia atrás, hacia mañana, hacia ayer o a donde yo quiera…

Sin embargo, mientras hablaba empezó a suspirar con un gesto de futilidad en la cara, porque era evidente que ni Roxana ni Pisístrato entendían su discurso. Claro, el concepto de pasado y futuro no tenía ningún significado para ellos o, si lo tenía, se refería a un lapso de tiempo muy cercano, porque no poseían fotografías ni documentación escrita de las cosas que habían sucedido antes de que ellos nacieran. Lo máximo que podían remontarse en el pasado eran las historias orales de abuelas o abuelos, de los que no tenían ninguna imagen mental si no los recordaban de su infancia.

Y el futuro… ni hablar de un concepto referido al paso de los siglos o los milenios.

Así que Mamen se estaba dando cuenta de que aquellas dos personas no entendían casi nada de lo que decía, pero no dejó de hablar, le estaba sentando muy bien-

-Llegará un momento en la historia de la Humanidad en el que todas las personas que viven en la Tierra serán exterminadas por Seres venidos de otro mundo, alienígenas. Pero algunas personas se salvarán. Yo soy una de ellas, y hay más, conozco a cinco de ellas: Toni, mi novio, Lucius, que estaba con nosotros dos cuando llegaron las Luces Brillantes, Jesús, al que encontramos dos días después y que nos dijo que Lucius seguía vivo, y una mujer a la que vimos apuñalandose, enloquecida por la muerte de su bebé…

De repente se detuvo, sintiéndose muy ridícula, a pesar de que sus interlocutores la miraban fascinados.

-¿No necesitas caminar, Diosa Madre? - preguntó Roxana, esta vez con la voz más firme. - ¿Vuelas como los pájaros?

Mamen lanzó una carcajada.

-No como los pájaros, aunque en realidad yo tampoco lo entiendo muy bien… pero ahora contadme cosas sobre vosotros. ¿Eres el gobernante de esta ciudad, Pisístrato? ¿En qué momento dejaste Κρήτη y llegaste a Atenas?

Pisístrato se atusó la barba antes de responder con aire melancólico.

-Cuando te fuiste, Diosa Madre, mi padre y yo fuimos felices durante dos estaciones, pero un día llegaron los πειρατής, los ladrones del mar, a llevarse nuestras cabras. Mi padre intentó impedirlo y lo mataron. Eran muchos y querían entrar en el palacio. El fuego se levantó sobre las murallas y del palacio no quedó nada, solo las piedras negras por el humo. Yo pude esconderme en la montaña, pero ya no quedaba nada para mi en Κρήτη. Subí a un τριήρης que perseguía a los piratas y llegué a esta polis…

-Dime una cosa - le interrumpió Mamen. -¿Yo me fui y no volví más?

Pisístrato pareció desconcertado por la pregunta.

-No, Diosa Madre. Te vi dos veces. La segunda vez hiciste los milagros y ya no te he visto más, hasta que hoy has vuelto a visitarme.

Mamen se había quedado mirando al suelo, absorta en sus pensamientos. Si se había ido de Creta cuando Pisístrato era un niño para ir al momento en que se encontraba ahora… ¿Porqué no había regresado, si su intención solo era echar un vistazo al futuro de aquel muchacho y volver de nuevo al templo de Knossos para ver si el Minotauro existía o no?

-¿Había algún túnel debajo del palacio, Pisístrato? - preguntó.

-¿Un túnel? ¿Qué es un túnel, Diosa Madre?

-¡Una cueva! - dijo Mamen con impaciencia. -Alguna caverna donde vivía un monstruo…

-¡El Μινώταυρος! ¡El Toro de Minos! - exclamó de repente Roxana. - ¡El hijo de Πασιφάη y del Toro de Κρήτη! ¡Mi abuela nos lo contaba a mí y a mis hermanas en las noches de invierno!

-El rey Μίνως , hijo de Ἀστέριος… - murmuró Pisitrato.

- Son historias de viejas…

-Así que fui a la época equivocada y el rey Minos ya no estaba en el palacio - dijo Mamen, para sí misma. -¡Bueno, tengo que irme, chicos! ¡Voy a comprobar de una vez por todas la leyenda del Minotauro! ¡Que os vaya todo bien y que viváis muchos años!

Roxana y Pisístrato empezaron a levantarse de sus asientos, pero cuando terminaron de hacerlo Mamen ya no estaba allí.

2- Jesús va en busca del mito, de la Diosa que recorre la Historia - En la ciudad de Pesinunte busca el origen de Kubaba Cibeles - En el reinado de Puzur-Nirah, rey de Akšak, los pescadores de agua dulce de Esagila estaban pescando para la comida del gran señor Marduk; los oficiales del rey se llevaron el pescado. El pescador estaba pescando cuando habían pasado 7 (u 8) días […] en casa de Kubaba, la tabernera […] llevaron a Esagila. En ese momento… de nuevo para Esagila […] Kubaba dio pan al pescador y dio agua, ella le hizo ofrecer el pescado a Esagila. Marduk, el rey, el príncipe de los Apsû, la favoreció y dijo: "¡Que así sea!" Confió a Kubaba, la tabernera, la soberanía de todo el mundo (Crónica de Esagila 38) - Lucius lleva dos mil años excavando la roca con sus manos - Su cuerpo, una pila magnética, le conduce hasta la nave nodriza.

Habían pasado dos mil quinientos setenta años.

Jesús acarició a su perro sobre el cogote.

-Muy bien , □□□□□ , lo has hecho genial.

Llamaba al animal, un gran mastín de un metro de altura, □□□□□ , que significaba "negro" en arameo antiguo, el idioma del Imperio aqueménida.

Jesús había sido testigo de la fundación del Imperio aqueménida por Ciro el Grande y de su máximo apogeo durante el reinado de Darío el Grande. Las grandes conquistas habían hecho de Persia el mayor imperio en extensión, hasta que el ejército de Darío III fue vencido por el de Alejandro Magno.

Buscando, sin encontrarlas, las Luces Brillantes que se le habían escapado en la meseta de Gizeh, junto a la Gran Pirámide.

Recorriendo un mundo interminable, tan vasto como su vida, muy a su pesar.

Encontrar el lugar donde aparecían las Luces Brillantes cada quinientos años exigía inmovilidad y observación, pero Jesús no podía dejar de caminar.

Viendo tanto sufrimiento… intentando remediarlo, pero la tarea era infinita.

Aunque también existía la felicidad, la que él proporcionaba a la gente, porque su don estaba intacto.

Él irradiaba paz, por algún motivo que desconocía, al igual que Lucius desprendía un magnetismo que provocaba en los seres humanos ira, desprecio y sed de venganza.

No tenía que esforzarse, su propio cuerpo lo hacía

todo, aunque cada año, cada siglo que transcurría, era más escéptico sobre sus posibilidades, porque resultaba evidente que el Mal era mucho más poderoso que el Bien.

El Mal se extendía como una plaga, provocaba tanto dolor que todo giraba en torno a él, en cambio el Bien significaba algo tan simple como que la vida de una persona transcurriera en paz, en su ciudad, en su poblado o en una choza de adobe aislada en una montaña del هندوکش , el Hindukush.

Jesús buscaba las guerras, las batallas, las refriegas, las plagas, las ejecuciones, los saqueos, para mitigar sus efectos. Su sola presencia producía negociaciones, fundación de hospitales y avances médicos, olas de solidaridad con niñas, niños, y personas mayores, los grandes olvidados, recolección de alimentos y cese de hostilidades.

El mayor logro había sido con Darío I, el tercer rey de la dinastía aqueménida de Persia desde el año 521 al 486 a. C. Darío había heredado el Imperio persa en su cenit, incluidos los territorios iraníes, Elam, Mesopotamia, Siria, Egipto, el norte de la India y las colonias griegas de Asia Menor.

Jesús le recordaba con melancolía. Darío había sido un buen gobernante, aunque no sus generales. Si algo había aprendido a lo largo de aquellos dos mil quinientos años era que los gobernantes no eran las peores personas, a pesar de que los actos más crueles de sus reinados se adjudicaban a ellos. La crueldad solía partir de mandos militares intermedios con ansias de prosperar, porque infringir el mayor dolor al enemigo estaba bien visto y conllevaba un botín,

Y luego había una cosa que también fascinaba a Jesús, incluso mucho más que la búsqueda constante de las Luces Brillantes: se trataba del rastro de una diosa a lo largo de la Historia.

Se trataba de una mujer que (algo solo visible para alguien que recorría los siglos y los milenios como quien ve pasar los días y las semanas), poseía su mismo don, el de la inmortalidad, pero, además, tenía una inconmensurable capacidad de dejar un rastro de milagros y actos misteriosos en la cultura popular.

Los diferentes pueblos que prosperaban lo suficiente para dejar indeleble su acervo cultural llamaban de diferentes maneras a aquella mujer jóven que solía ser representada con uno o dos bebés en brazos.

Por ejemplo, en Frigia era denominada Kubaba Cibeles. Jesús, que en aquel tiempo era el *hazarapatish,*, o comandante de la guardia real de Darío I, uno de los funcionarios de más alto rango, gracias a cuyas prerrogativas podía mantener a raya la crueldad del ejército aqueménida, le había pedido al monarca permiso para una expedición al santuario de la antigua ciudad de Karkemish, en el alto Éufrates.

Le llevó seis meses llegar hasta aquel remoto lugar del imperio, viajando con una escolta de seis hombres. Jesús no podía morir, y por ello no temía a las heridas que le pudieran causar las bandas de ladrones o de guerrilleros hurritas que encontrara por el camino, pero no deseaba perder el tiempo ni sufrir dolor físico. El poderoso salvoconducto con el sello real de Darío I y el impactante uniforme y armamento de su escolta de *anusiyas* le permitieron llegar sin demasiados contratiempos.

En el envejecido santuario de Kubaba le había recibido el *archigallos*, o sumo sacerdote, quien le permitió entrar en la *cella* de la deidad para admirar de cerca su estatua, revestida de oro macizo. La estatua de la diosa, de tamaño natural, se hallaba sobre un plinto de mármol, sentada en un banco corto a ambos lados del cual había un león sin crines en cuya cabeza ella apoyaba las manos. Lucía un tocado alto, parecido a una corona, y una sutil túnica con cinturón que dejaba entrever sus pechos.

-Solo en Frigia mantenemos pura la adoración y, con ello, el conocimiento de la Diosa - le había dicho el sumo sacerdote castrado, con su túnica de brocado de oro y sus innumerables joyas. -Nosotros somos sus auténticos fieles y aquí nos llegó de Carquemis en tiempos que se pierden en la memoria.

Jesús no pudo evitar un bufido de risa al escuchar aquello. ¡Si supiera aquel hombre lo que realmente significaba ver el transcurrir del tiempo!

A la derecha de la estatua había otro león, y a su lado estaba Attis, el consorte de Kubaba Cibeles, apoyado en un cayado y tocado con el gorro frigio.

-¿Y porqué se preocupa esta diosa, *archigallos*? le había preguntado Jesús.

-Kubaba Cibeles no revela sus designios ni siquiera a sus sacerdotes - obtuvo como respuesta.

Jesús tomó buena nota del rostro de la estatua, unos rasgos que vería de nuevo al cabo de ciento cuarenta y dos años en *Kybêbê*, en la grecia jónica, y de nuevo en la Magna Mater, reproducida en el templo más importante de Roma, al lado de la Tríada Capitolina, en el siglo III.

Era evidente que alguien, además de él, se "paseaba" por la Historia, pero esa mujer iba dejando una profunda huella, algo que, precisamente, Jesús intentaba evitar, consciente de su terrible destino, convertirse en Jesucristo.

¿Pero quién era esa jóven que las diferentes culturas adoraban, atribuyéndole un sinfín de hechos mágicos? ¿Otra inmortal, como él? Solo había conocido a otras dos personas que tuvieran su don: a Lucius, por supuesto, con el que había compartido siglos en Stonehenge y en Egipto, y Nefertiti que, en realidad, no era como ellos dos, sino que su inmortalidad no estaba completa, ella perdía vidas cuando moría, en una especie de juego macabro.

Lucius le dijo en una ocasión que Nefertiti era mucho más antigua que ellos, o sea que, si la causa de su inmortalidad era la misma, Nefertiti se había encontrado con uno de aquellos Alienígenas en forma de T y había sucumbido al poder de su Eco, siendo atrapada por el vórtice de un agujero de gusano, en algún momento lejano del Tiempo, a lo mejor en la Edad de Piedra, o de Bronce… Nunca había hablado con Nefertiti sobre ese tema y ahora se arrepentía mucho, pero es que… ¡Todo era tan complicado!

Lo único que Jesús sabía a ciencia cierta era que aquella chica cuyos santuarios tachonaban ambas orillas del Tigris y del Eufrates y que tenía su mismo don no era Nefertiti, y que moverse a lo largo de los siglos para intentar cruzarse con ella se había convertido en su obsesión. Mientras tanto, iba recopilando conocimientos. Su consorte, Atis, también despertó su curiosidad.

Ἄττις era el amante de Kubaba Cibeles, su sirviente eunuco y conductor de su carroza tirada por leones. Según le contó el *archigallos,* Atis enloqueció por causa de Cibeles y se castró a sí mismo. También le dijo que Atis era muy querido en Pesinunte, ciudad en las estribaciones del monte Agdistis, así que Jesús decidió emprender de nuevo el viaje, muy a pesar de los soldados de su escolta, que veían con preocupación cómo los límites del reino aqueménida eran rebasados y dejados atrás.

¿Era Attis una persona real, o solo un acompañamiento del mito de Kubaba Cibeles, algo fantasioso, que la complementaba? En el primer supuesto, ¿cuál sería el motivo de su autocastración, algo ya de por sí difícil de imaginar? Durante las interminables jornadas a lomos de su caballo, mientras su guardia escrutaba los alrededores en busca de bandidos cimerios, Jesús reflexionaba sobre todo ello sin encontrar nada que le permitiera atar los cabos sueltos.

Πεσσινοὺς, o Pesinunte, estaba en el curso superior del río Sakarya. Una ruidosa ciudad en la que se hablaban mil lenguas, presidida por el templo de Kubaba, un edificio de dos pisos en piedra y madera, no demasiado vistoso, pero que destacaba del resto de construcciones por su fachada pintada de ocre. El templo estaba sobre una colina en el lado noroeste de la ciudad que, extrañamente, no tenía murallas. Sin embargo, habían construido un anfiteatro de gran capacidad, en el que, el día de la llegada de Jesús y su escolta, se representaba una obra sobre el rey Midas.

El centro de Pesinunte, de calles estrechas en las que apenas pasaba la luz del sol y con una agobiante concentración de personas y de animales, era tan hediondo que Jesús y su séquito prefirieron buscar un lugar donde dormir en las afueras. Encontraron una casa de adobe y piedra en la que vivía una pareja y sus tres hijos, situada junto al linde de un robledal. Irónicamente, la situación de la casa era de las peores de la ciudad, totalmente desprotegida de los frecuentes ataques de saqueadores cimerios, pero el aire en aquel lugar era limpio, y Jesús apreció aquella cualidad más que ninguna otra.

Le había dado un □□□□ de oro al dueño de la casa, una moneda que aquel hombre jamás había visto y que le hizo desconfiar, pero cuando regresó de preguntar a un joyero de la ciudad, sus ojos estaban abiertos de par en par y su expresión congelada en un rictus de sorpresa. Aquella moneda llamada dárico valía cinco veces más que las tierras que poseía.

El □□□□, o dárico, había empezado a circular hacía muy poco tiempo. Hasta aquel momento las monedas acuñadas que representaran a un monarca y sirvieran de moneda de cambio no estaban en uso en aquella parte de Asia.

Todavía resonaban los ecos de la última conquista de Darío I, el país de Lidia. Su rey, Creso, cuyo padre acuñó las primeras monedas de la humanidad, llamadas Creseidas, había sido derrotado. Lidia era una región desarrollada, con una metalurgia muy avanzada, capaz de producir abundante moneda en serie, por lo que las Creseidas empezaron a circular por todo el imperio, aunque, al no estar legitimadas por el rey Darío, pronto se fundieron y convirtieron de nuevo en pepitas de oro o de plata, ya que los mercaderes estaban acostumbrados a aquellas para controlar las transacciones con sus balanzas de mano. Esta clase social dominaba el monopolio del pesaje del oro y de la plata, por lo que el producto del esfuerzo de los campesinos y artesanos nunca estaba bien recompensado. El resultado era que la clase más baja de la sociedad aqueménida se empobrecía a marchas forzadas mientras que una pujante nobleza acaparaba todo el fruto de tu trabajo. Jesús se había dado cuenta de que estaba a punto de estallar una revuelta social que acabaría, con toda probabilidad, en un baño de sangre, ya lo había visto en demasiadas ocasiones a lo largo de la historia. Una moneda fuerte, con un peso controlado y sin posibilidad de engaños, parecía la única forma de redistribuir la riqueza en el imperio, aunque al empezar la conquista de Lidia se vio obligado a dejar de lado la moneda aqueménida para dedicarse a evitar con su don las matanzas que sucedían a todos los cambios de gobierno. Por donde él pasaba la soldadesca empezaba a notar un nuevo y extraño sentimiento, la compasión, que jamás antes habían experimentado. Dejaban de cometer los actos atroces considerados normales después del sometimiento de una ciudad, aunque no por mucho tiempo. Cuando él desaparecía, la barbarie no tardaba en instalarse de nuevo, pero Jesús se había acostumbrado ya a la brevedad de sus milagros, no podía hacer mucho más, a pesar de que aquello le martirizaba sin descanso. Su mayor logro fue, precisamente, con el propio rey. Darío llegó a la ciudad de Sardes cuando Jesús no estaba allí, sino en Pteria, intentando frenar las decapitaciones que había ordenado un *hazarapatish*, el comandante de un regimiento de mil hombres, para vengar que su unidad había sido diezmada casi por completo por la caballería del rey Creso antes de que los Ἀθάνατοι, inmortales a lomos de camellos, les obligaran a huir en desbandada.

Cuando Jesús llegó a Sardes, Darío había capturado al anciano rey Creso y ordenado que fuera quemado vivo junto a otros catorce jóvenes de la aristocracia de Lidia. La sola presencia de Jesús junto al rey cuando este se disponía a presenciar la bárbara ejecución, hizo que el monarca cambiara de parecer y, al final, se hiciera amigo del condenado, perdonándole la vida y tomándole incluso como consejero.

Las cosas no tardaron en calmarse en la bella ciudad de Sardes, aunque ahora la mitad estaba reducida a ruinas humeantes, y Jesús pudo dedicarse de nuevo a la legitimación de una moneda cuyo uso se normalizara y así pudiera evitarse el engaño por parte de los ávidos comerciantes. Estaba aprovechando su viaje por las satrapías de Asia menor en busca del rastro de la mujer diosa para empezar a mover los nuevos dáricos, con un peso de ocho coma cuatro gramos de oro, y también los siclos de plata, con un peso de once, catorce o diecisiete gramos. La principal ventaja era que la cantidad de oro y plata que contenían no podía ser modificada por nadie, bajo severas penas. Jesús creía que esa sería la única manera de que las familias campesinas pudieran comerciar de manera equitativa con la nobleza comerciante de las ciudades.

Después de descansar unas horas de los estragos del viaje y conceder tiempo libre a gran parte de su escolta, Jesús, con su uniforme de *karana*, o general, su larga barba y el pelo recogido en una coleta anudada con un pasador de oro, salió de la casa junto al linde del robledal y se dirigió al anfiteatro para ver la próxima función de la obra sobre el rey Midas. Le había llamado mucho la atención que en aquel lugar tan apartado de Asia Menor se representaran obras teatrales.

Atravesó de nuevo el bullicioso y maloliente centro de Pesinunte, abarrotado de gente campesina y ganadera, porque era día de feria. Compró un panecillo de centeno y un pedazo de queso de cabra a una mujer que freía sin parar, envuelta en una humareda violácea, unos buñuelos de viento que luego embadurnaba con miel. Le compró también unos buñuelos a la mujer, que los ensartó en una rama de cerezo, y se fue comiendo, abriéndose paso entre la multitud y los rebaños de cabras y ovejas, en dirección a donde intuía que estaba situado el teatro, aunque en un momento dado tuvo que echar a correr porque un río de agua sucia hasta la altura de sus rodillas empezó a bajar por el empedrado de la calle en forma de torrente. El agua del río llegaba en abundancia a Pesinunte por varios acueductos, que de vez en cuando se desbordaban para inundar las calles, lo que era aprovechado por los vecinos para baldear las calzadas, limpiándolas de las capas de excrementos y restos orgánicos acumulados durante varias estaciones.

El precio de la entrada al anfiteatro era de una creseida de plata. Jesús tenía algunas en su bolsa de cuero, colgada bajo la axila izquierda del peto de su uniforme, aunque la moneda que le dio al jóven actor con la cara pintada de carmesí que hacía las veces de cobrador no tenía ni por asomo el peso que le correspondía, sino que había sido limada casi hasta la mitad.

Había una gran variedad de público en el ruidoso anfiteatro, aunque la mayoría eran familias con niños pertenecientes a la pujante clase de los comerciantes que empezaban a enriquecerse con el inicio de una frenética exportación de las manufacturas y los cereales de Lidia hacia la metrópoli de Ecbatana.

Un gigantesco reloj de sombra situado sobre una roca plana en el centro, bajo el escenario, marcaba el comienzo de las funciones.

-□□□□□□ □□□□□□ □□□□□□ (¿De qué es la función, amigo?) - le preguntó en arameo a un hombre junto al cual había tomado asiento. El hombre, de unos veinticinco años y tan solo dos dientes en la boca, le miró estupefacto al descubrir su uniforme de general de Darío. Tardó en responder, porque las palabras no salían de su boca.

-Es… es sobre el rey Mi-Midas…

-¿Existió de verdad el rey Midas, amigo?

El hombre, gracias a la influencia del don de Jesús, empezó a sentirse muy a gusto y con ganas de compartir de manera altruista con los demás todo lo que sabía.

-Se dice que Midas fue avaricioso, pero yo hubiera hecho lo mismo que él si me encuentro con un Dios y me dice que le pida un deseo. ¿Quién no pediría convertir en oro todo lo que toque?

-Pero ¿existió? ¿Fue un gobernante de Lidia? - preguntó de nuevo Jesús. La sombra del reloj llegaba a su posición vertical, lo que quería decir que el espectáculo estaba a punto de empezar. El público hizo silencio. Sobre el escenario aparecieron cinco actores, algunos vestidos absurdamente de mujer, ya que ellas no aparecían en las obras, una de las muchas estupideces de las sociedades machistas. El hombre bajó el tono de voz y se acercó a Jesús, que pudo oler el fétido aroma de los pocos dientes cariados que le quedaban.

-Sí, fue un rey de verdad que gobernó Frigia, pero los cimerios destruyeron la capital, Gordio, y el rey Midas se suicidó.

Ya empezaba la función. Jesús se dispuso a escuchar atentamente, porque sospechaba que el hecho de que al rey Midas le fuera concedido el don de convertir en oro todo lo que tocaba tenía algo que ver con las andanzas de la Diosa que él estaba persiguiendo.

El actor de más edad, sin la peluca rubia que le disfrazaba de mujer, dio un paso al frente y se dispuso a relatar a los asistentes la sinopsis de la obra.

-¡Una mañana, aburrido porque no había nada que hacer en su espléndido palacio, el rey Midas logró capturar a Sileno! ¡Sileno vivía libre en un maravilloso jardín situado al pie del monte Bermio, en Macedonia, donde crecían raras y fragantes rosas de sesenta pétalos! ¡Midas rellenó con vino la fuente donde el viejo demonio solía beber y así, al caer embriagado, pudo hacerlo prisionero!

Jesús recordó en ese momento que en varios lugares de Asia Menor había visto manantiales llamados "fuente de Midas" donde, según tradiciones locales, aquel monarca había hecho prisionero a Sileno.

-¡Midas llevó a Sileno ante Dioniso, quien, encantado de haber recuperado a su viejo ayo, y en agradecimiento por el buen trato que le dispensaron, decidió otorgar a Midas la facultad de elegir el don que prefiriese, garantizando que su deseo sería satisfecho!

En ese momento el narrador se retiró y empezó la obra. Era más parecida a una función de teatro escolar que a una pieza de teatro profesional, pensó Jesús, divertido, pero era la única forma de entretenerse en aquel tiempo, aparte de las bodas y los ajusticiamientos en masa, y el público disfrutaba de lo lindo. La mayoría de espectadores parecía que habían visto la obra más de una vez, porque hablaban y gritaban sin parar, además de golpear los asientos con una piedra, que era la forma de aplaudir en aquel lugar. Todo el mundo, menos Jesús, tenía una piedra en la mano. El hombre sentado a su lado se dio cuenta y le prestó la suya.

-¡Tengo otra! - le gritó, bajo el estruendo de cientos de piedras golpeando los asientos.

Jesús no oía nada. Se levantó y bajó la escalera central para acercarse más, de forma que acabó junto al foso, donde no veía a los actores porque estaban en una posición más elevada, pero al menos podía oír sus voces. Al parecer aquel lugar estaba prohibido al público, pero un hombre con una larga vara de madera que usaba para controlar a los asistentes, y que se acercó a él dando grandes zancadas y con el ceño fruncido se alejó rápidamente, intimidado por su uniforme de *karana* y reblandecido por el don.

En aquel momento de la representación el rey estaba ante Dionisio y le pedía que "¡Todo lo que toque con mi cuerpo se convierta en resplandeciente oro!". El regalo del Dios, al que representaba el actor que cobraba las entradas, se cumplió, y el rey frigio empezó a comprobarlo, lanzando risotadas y alaridos cada vez que tocaba algo con la mano, poniéndose de espaldas. Al volverse, el objeto estaba recubierto de una pátina de amarillo, unos polvos que se obtenían de las cáscaras de las cebollas, simulando oro.

En ese momento las risotadas del público se volvieron insolentes. La función llevaba demasiados días siendo representada en Pesinunte y la compañía tenía que cambiar de ciudad de forma obligada, porque todos los habitantes que podían permitirse pagar la entrada la habían visto varias veces y estaban perdiendo el respeto a aquella forma de expresión artística.

Sin embargo Jesús no se reía de las bromas del público, estaba serio y pensativo, con una mano sujetándose la barbilla y la otra cruzada sobre el pecho. En la obra sobre el rey Midas no aparecía ninguna mujer relevante, solo una criada chismosa y la hija del rey, a la que Midas intenta abrazar y convierte en oro, lo que provoca que, desesperado, le pida de nuevo a Dioniso que le quite el don.

Así que ni rastro de la Diosa que él estaba buscando…

Se sentía muy decepcionado, incluso con ganas de llorar. Había depositado tantas esperanzas de poder descubrir una pista definitiva que le permitiera encontrar a la mujer que hacía milagros y que, a juzgar por su huella en las distintas religiones, era inmortal, como él, que ahora sentía que ningún esfuerzo valía la pena, y que jamás lograría hallar la solución al enigma de las Luces Brillantes, las que le habían concedido a él su propio don, tan terrible como el del rey Midas.

Igual que había hecho tres mil años antes, tras perder la oportunidad de ser transportado por el agujero de gusano junto a la pirámide de Gizeh, clavó su mirada en el suelo y echó a andar sin rumbo fijo. Salió del anfiteatro, cruzó varias calles de las afueras de la ciudad de Pesinunte y, embutido en sus pensamientos, se alejó de aquel lugar a través de huertos de cebollas, lentejas y garbanzos, en dirección al suroeste, hacia el Αιγαίο Πέλαγος, el Mar Egeo.

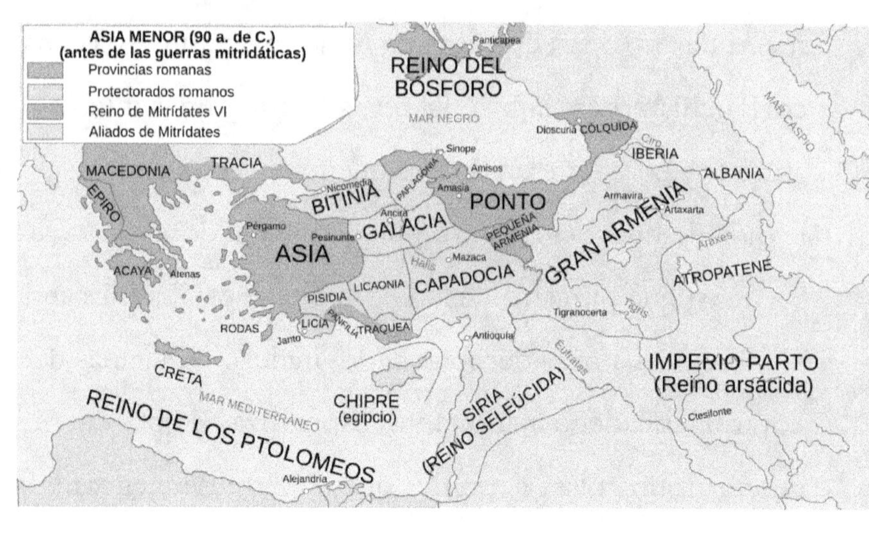
ASIA MENOR (90 a. de C.)
(antes de las guerras mitridáticas)
Provincias romanas
Protectorados romanos
Reino de Mitrídates VI
Aliados de Mitrídates
Panticapea
REINO DEL BÓSFORO
MAR NEGRO
Dioscuria
CÓLQUIDA
Ciro
IBERIA
ALBANIA
MAR CASPIO
MACEDONIA
TRACIA
Sinope
Amisos
Amasia
PONTO
Armavira
Artaxarta
EPIRO
Nicomedia
BITINIA
PAPLAGONIA
GRAN ARMENIA
Araxes
Pérgamo
Ancira
GALACIA
PEQUEÑA ARMENIA
ATROPATENE
Pesinunte
ASIA
Halis
Mazaca
CAPADOCIA
Tigris
ACAYA
Atenas
LICAONIA
Tigranocerta
PISIDIA
RODAS
LICIA
PANFILIA
TRAQUEA
Janto
Antioquía
Éufrates
IMPERIO PARTO
(Reino arsácida)
CRETA
MAR MEDITERRÁNEO
CHIPRE
(egipcio)
SIRIA
(REINO SELEÚCIDA)
Ctesifonte
REINO DE LOS PTOLOMEOS
Alejandría

Lucius no sabía cuánto tiempo había pasado.

Ni podía, ni siquiera imaginarlo.

¿Cómo se mide el Tiempo cuando vives de una manera infinita?

Era como en el espacio, como en esas películas en las que los astronautas hibernaban mientras sus naves viajaban durante cientos de años por una soledad inimaginable…

Pero en la película de Lucius no se hibernaba, sino que el cuerpo del astronauta realizaba una acción maquinal durante un tiempo inacabable, algo repetitivo, como si se tratara de un robot, una máquina, un… un ente sin conciencia.

La acción que llevaba a cabo aquel hombre inmortal era picar piedra.

Los cinco percutores de dolerita que había encontrado en el fondo de la Cámara del Caos ya se habían convertido en polvo hacía mucho tiempo y ahora usaba los mismos escombros, piedras de arenisca que apenas le duraban unos días, porque no servían para golpear a la misma piedra de la que habían sido arrancadas.

Pero aún así el túnel avanzaba, con inagotable perseverancia, con los días, con las semanas y con los años… y los siglos.

Sufría un dolor constante a causa de la postura, porque en el túnel no podía moverse, ya que lo horadaba casi de su mismo tamaño, y por sus dedos, constantemente en carne viva, regenerándose en un proceso sin fin.

A veces se quedaba atorado, porque los escombros, que echaba hacia atrás con las manos y luego con los pies, taponaban el túnel y tardaba días en lograr empujarlos con los pies, por eso, en los últimos años, ya no intentaba regresar a la Cámara del Caos para estirar, aunque fuera de manera breve, sus músculos, y escapar de aquel dolor flagelante de sus articulaciones. ¿Para qué? Estar atrapado a veinte metros bajo tierra, en un conducto de roca del tamaño de su propio cuerpo, ya no representaba un terror atávico, sino que se había incorporado a su propia existencia y lo asimilaba como el hecho de respirar aquel aire viciado, apenas con unas moléculas de oxígeno.

Y luego estaba la orientación. ¿Cómo saber que avanzaba en el sentido correcto, hacia la supuesta nave que estaba enterrada bajo la arena de la meseta de Gizeh? En realidad eso era lo más fácil, porque "algo" le atraía hacia ella, una especie de imantación, como un hilo invisible, lo mismo que le había ocurrido en Stonehenge.

Allí, en aquel lugar del suroeste de Inglaterra en el que

había pasado tantos años con Jesús en una estrecha armonía, antes de que el carácter de Lucius empezara a descomponerse al ver morir a todo el mundo, incluidas las mujeres y los hijos que adoraba; mientras que él nunca moría, como Jesús, sino que ambos estaban condenados a aquella existencia cruel sin que nada pudieran hacer para ponerle fin.

Mientras buscaba durante siglos la forma de levantar con métodos rudimentarios los menhires de Stonehenge sentía la misma irresistible atracción que le impulsaba ahora a seguir picando la arenisca del túnel. Aquello le había impulsado a cavar agujeros en la tierra, porque la nave estaba enterrada bajo lo que después sería el monumento megalítico más misterioso del planeta. Había excavado cincuenta pozos de cinco metros de profundidad y diez de ancho alrededor del perímetro del cromlech, aunque cada vez lo dejaba a causa de su nerviosismo, incapaz de mantener una única tarea durante un tiempo prolongado.

Esta vez era diferente, estaba atrapado, sin posibilidad de escapar de aquel estrecho túnel taponado por toneladas de escombros, atento solo a las sensaciones que le proporcionaba la gigantesca estructura de la nave alienígena hacia la que se dirigía, centímetro a centímetro.

Gracias a su aislamiento, Lucius también podía sentir la

atracción magnética con todos sus sentidos. ¿Qué prodigiosos cambios había experimentado su cuerpo, y también el de Jesús, para que se hubiera convertido en una especie de pila de inducción? Lo notaba perfectamente. Sentía como sus átomos y moléculas pugnaban por acercarse a la nave, y usaba esa asombrosa fuerza para continuar golpeando la roca y abriéndose paso, sabiendo que avanzaba correctamente hacia el Origen.

¿Qué iba a encontrar una vez que alcanzara su objetivo? No dejaba de pensar en ello.

Respuestas… era lo único que ansiaba Lucius.

Saber el porqué de todo aquello.

¿Por qué había sido él uno de los elegidos?

Y la siguiente pregunta, y no menos importante: ¿Por qué los Seres que manejaban las Luces Brillantes habían destruido a la Humanidad? ¿Les molestaba? ¿Los seres humanos se habían convertido en una amenaza para ellos? Si fuera así debían estar muy cerca de la Tierra, sin embargo, nunca se habían hallado pruebas fehacientes de la existencia de vida extraterrestre en la Vía Láctea.

Teorías… Lo único que podía hacer mientras golpeaba a oscuras la roca sujetando el percutor con las manos ensangrentadas era esbozar supuestos en su imaginación y dejar la pasar el tiempo.

3- Y entonces, en la costera Chipre existirá un gran cantor, al que dará a luz Temisto en el campo, divina entre las mujeres, un cantor muy ilustre lejos de la muy rica Salamina. Dejando Chipre mojado y llevado por las olas, cantando él solo el primero las glorias de la espaciosa Hélade. Será inmortal por siempre y no conocerá la vejez (Pausanias. Descripción de Grecia, X, 24, 3) - La Liga ateniense llega a Troya - Toni conoce a Aquiles - Odiseo se emborracha y quiere matar a los dioses - Agamenón ataca a Aquiles - Toni llora por Mamen - Le implora que vuelva.

Toni levantó la mirada y observó las altísimas murallas de Troya desdibujadas por el vaho.

-Estoy viendo la guerra de Troya. Dios mío, nunca lo hubiera imaginado… Pausanias, dame la pluma, por favor.

El chico que estaba a su lado, sentado sobre una roca, tenía el pelo de color azabache, muy rizado, con la piel cobriza, abrasada por el sol del Egeo, y vestía una túnica de lino tan sucia que por mucho que la metiera en el agua jamás se limpiaba.

-Aquí tienes, *Ὅμηρος Hómēro* - dijo, sacando de un

estuche fabricado con una rama de olivo hueca un estilo de madera de rosal, llamado κάλαμος, o cálamo. Los cálamos se guardaban celosamente en sus estuches, junto a otros estuches más pequeños que contenían la preciada tinta negra, elaborada por Toni machacando hojas y tallos de una planta llamada índigo. También se podía usar tinta de jibia o de calamar, pero se descomponía demasiado rápido en los meses de verano y podía jugarte una mala pasada, echando a perder horas de escritura.

A Toni le encantaba escribir, por varios motivos.

El primero, para intentar olvidar a Mamen, que se había ido de la sala del trono del palacio de Agamenón y Clitemnestra dejándole partido en dos mitades.

La segunda, porque ÉL ERA EL ÚNICO QUE LO HACÍA EN AQUEL TIEMPO. ¡Ja, ja, ja! Aquello le hacía mucha gracia y le permitía apartar por unos instantes la tristeza causada por la ausencia de Mamen.

Pero su alegría no duraba mucho. Seguía sin entender porqué Mamen había hecho eso: lo de ordenar a la esfera que le partiera en dos mitades y luego desaparecer con su bebé hacia algún lugar desconocido, abandonándole allí, en Micenas.

Por ese motivo Pausanias le llamaba Ὅμηρος *Hómēro*,
que significaba rehén, prenda o garantía. El jóven Pausanias
llamaba así a Toni porque todos lo hacían, con todo el
respeto del mundo, no con actitud de burla, aunque a él le
había costado mucho acostumbrarse a su nuevo estatus de
semi-dios abandonado por su mujer. Incluso había llegado a
sus oídos que un bufón del palacio de Micenas había
elaborado una historia sobre él que se estaba volviendo muy
popular en las ferias ganaderas, e incluso se estaba
representando en funciones de teatro. En la fábula a él le
llamaban Attis, el consorte de la Diosa Γαῖα que le había
abandonado en el palacio de Agamenón, pero antes de
dejarle allí, tirado, la Diosa le había castrado como castigo
por su borrachera, por ceder a la pasión de los humanos por
el vino… ¿Castrado? Toni odiaba esa palabra, solo de
imaginarlo en su cerebro se le ponía la carne de gallina,
aunque, claro, un espectador que hubiese presenciado la
escena, viendo cómo su cuerpo quedaba partido en dos en
diagonal por el rayo de la Esfera, fácilmente podía pensar
que el rayo le había cortado también los genitales, y de ahí a
formar una historia fabulosa no había más que un poco de
imaginación.

En realidad, Toni no se acordaba casi de nada de lo sucedido aquel día en el salón del trono del palacio de Agamenón.

Después de que Mamen se pusiera de parto y de ser acompañada a su dormitorio por la reina Clitemnestra y dos parteras, él había empezado a beber un vino que le quemaba la garganta como si se tratara de lava de volcán. ¿Le habían echado algo en el vino? No, claro que no, el rey Agamenón y su corte estaban tan asustados por la presencia de aquella Diosa y aquel Dios a los que no se podía tocar y que hablaban de una forma muy extraña que jamás se hubieran atrevido a intentar envenenarle. Lo que ocurrió fue que el vino en aquellos tiempos tenía una graduación alcohólica de casi el ochenta por ciento, porque se dejaba fermentar mucho tiempo como único método para eliminar las bacterias, o sea que era igual que beber whisky o tequila, y había que rebajarlo con mucha agua o beberlo en mínimas cantidades, cosa que Toni no hizo. Y nadie le avisó, porque estaban demasiado asustados para hacerlo.

Así que se había emborrachado hasta quedar prácticamente inconsciente.

¡Vaya panorama, viajar en el tiempo hasta el palacio de Micenas para pillar una cogorza y quedarse dormido delante de sus anfitriones!

Aunque lo peor no era eso, sino que aún no había podido entender qué había dicho o hecho para que Mamen se enfadara con él de aquella forma y ordenara a la esfera que le partiera en dos mitades.

Durante horas y horas, absorto, intentaba hacer un ejercicio de empatía, ponerse en el lugar de Mamen y entenderlo. Ella acababa de dar a luz a aquel bebé que tanto deseaba. El bebé no era de Toni, el padre era un chico llamado… no se acordaba muy bien de su nombre… ¿Dani, quizás? Sí, Dani, al que ella había conocido en un lugar llamado Adra, en España, antes de reencontrarse de nuevo ellos dos, así que, al no ser Toni el padre biológico, solo el compañero de viaje de la madre, tampoco parecía tan grave que estuviera borracho mientras ella daba a luz.

Bueno, en realidad sí que era grave. Conociendo a Mamen, y Toni creía que la conocía muy bien, era perfectamente lógico que ella considerara a Toni como el auténtico padre de su bebé, ya que había estado con ella durante toda la gestación y, además, el chico, Dani, había muerto en Granada como consecuencia de un derrumbe, antes de que Mamen se encontrara con un Alien debajo de la Torre del Homenaje de la Alhambra y el Eco la metiera en el agujero de gusano.

Sí, con un poco de esfuerzo, o mejor dicho, sin apenas nada de esfuerzo, Toni podía entender cómo se había sentido Mamen al salir del dormitorio de la reina con su bebé en brazos, radiante, ante el salón del trono lleno de espectadores, y encontrarle a él durmiendo, semi inconsciente por la borrachera.

-Te sentiste muy ridícula, ¿eh, Mamen? Todo el mundo mirándote, y yo, fallándote en el momento más importante de tu vida… Tenías el poder de la Esfera y ni siquiera te diste cuenta de que, al enfadarte tanto conmigo y desear que me muriera por traicionarte de aquella forma, la Esfera iba a cumplir tus deseos sin rechistar… Y después, sin poder controlar tus emociones, porque lo que hemos pasado durante este tiempo ha hecho que nuestro carácter se vuelva imprevisible, te fuiste de allí para no hacerme más daño, porque seguías deseando lo peor para mí, sin poder controlar tu enfado…

Sí, Toni entendía perfectamente a Mamen, aunque no por ello dejaba de sufrir como nunca lo había hecho por su ausencia.

-¿Dónde estás, Mamen? ¿Por qué no vuelves de una vez por todas?

Estas preguntas herían el corazón de Toni sin parar, y la única forma que había encontrado para aplacar aquella tortura era escribir, escribir sobre todo lo que veía, las cosas que sucedían a su alrededor.

Se había convertido en un historiador llamado Homero.

-Ὅμηρος *Hómēro*, ya ha llegado Ἀχιλλεύς - dijo en ese momento Pausanias, con los ojos entornados a causa del resplandor del sol, señalando con el dedo índice un rincón de la playa, repleta de tiendas de campaña y de cientos de figuras que deambulaban de un lado a otro.

-¿Qué? ¿Ya ha llegado? - exclamó Toni, saliendo de sus cavilaciones. -¡No puedo creer que vaya a ver a Aquiles en persona! ¡Vamos! ¡Vamos!

Ἀχιλλεύς, o Aquiles, venía con su ejército de Mirmidones al sitio de Troya para hablar con el rey Agamenón. Procedente de Φθίη, en la Tesalia meridional, Aquiles solo representaba un pequeño contingente en relación al ejército de Agamenón y sus aliados de la liga ateniense, compuesto por cincuenta y dos falanges de hoplitas que eran refrescadas todos los años mediante levas forzosas, pero los Mirmidones tenían fama de invencibles y, igual que pasaría a lo largo de la Historia, la imagen era incluso más importante que los hechos.

-¿Es esa nave? ¿No? ¿Cuál es? ¿Cuál es?

Toni estaba frenético, corriendo por la arena de la playa bajo el sol del mediodía, buscando la embarcación en la que había llegado Aquiles. Sin embargo, él no se quemaba por los implacables rayos. Pausanias le seguía a duras penas a pesar de su juventud, cargado con las cajas de madera de olivo que contenían los instrumentos de escritura.

-¡No lo sé! ¡No lo sé! - gritaba el joven ayudante, con un hilo de voz. Aquel verano estaba siendo uno de los más calurosos que los viejos decían haber visto, pero la flota había tenido que salir en aquella estación sí o sí para evitar las tormentas que azotaban el Egeo en otoño.

Aún seguían llegando embarcaciones ligeras a la playa, pertenecientes al último relevo de las tropas para el asalto final a Troya. La guerra ya duraba nueve años, pero aquel parecía ser el último y definitivo.

Cuando pisaban la arena los hombres de la falange se inclinaban inmediatamente para besarla, antes de correr al improvisado altar que se le había levantado a *Ποσειδῶν*, Poseidón, y sacrificar una paloma en su honor a cambio de unas monedas para agradecerle no haber muerto ahogados.

La infantería pesada hoplita no estaba en absoluto acostumbrada a los trayectos marítimos, y menos todavía al espeluznante vaivén de las triaconteras, propulsadas por treinta esclavos remeros, y de las pentecónteras, con cincuenta remeros. El mismo Toni se había asustado mucho cuando el capitán de la triacontera en la que viajaban él y Pausanias junto a cinco falanges de Αἴγειρα había cometido

un error y malinterpretado las corrientes para entrar en el paso entre Eleunte y Sigeo. La nave se había elevado por popa durante unos terribles minutos, amenazando con irse a pique por la proa. La coordinación de los remeros era la parte más difícil de la navegación en aquellas pesadas naves, sobrecargadas por el lastre de las falanges y los suministros, que tenían que viajar sobre la cubierta a merced de las inclemencias del tiempo, porque la bodega estaba ocupada por los esclavos remeros y los bancos a los que estaban encadenados para que no se lanzaran al agua cuando atisbaran la costa a través de alguna rendija. Cinco triacónteras que les seguían imitaron su misma maniobra errónea y no tuvieron tanta suerte como ellos, yéndose a pique con todos los hombres. La mayoría de ellos no sabía nadar y se hundieron con la nave. Trescientos cincuenta

hombres en cada una. Las triacónteras maniobraban con
mucha dificultad y era casi imposible que alguna de las
cincuenta que les seguían pudiera detenerse a recoger a los
supervivientes que lograban mantenerse a flote sobre algún
barril de agua.

-¡Allí, el estandarte de los Mirmidones! - gritó de
repente Pausanias, señalando un bote de madera junto al que
montaba guardia un soldado en posición de firmes. En cada
lado de su casco estaba dibujada la figura de un insecto con
estridente pintura de color carmesí. Los *μυρμιδόνες*,
mirmidones, se llamaban a sí mismos "hormigas", porque
Tesalia, la región de donde procedían, era árida y pedregosa,
y para preparar los campos para la labranza se formaban
largas filas humanas para retirar las piedras y restos de
maleza, como hacían los insectos.

El soldado mirmidón llevaba un equipamiento
espectacular, nuevo y reluciente, al contrario que la mayoría
de los miembros de las falanges hoplitas de la liga que
comandaba Agamenón, cuyos uniformes eran antiguos y
cuyo armamento había sido recogido, en la mayoría de
ocasiones, de otros campos de batalla. Alguien le había
explicado a Toni que en los viejos tiempos era muy distinto.
Entonces los soldados eran propietarios de su equipamiento.

Cuando un joven cumplía los diecisiete años, su *tata* le regalaba el peto de cuero, el casco con el penacho de crines para que pareciera más alto, la espada, el puñal y las espuelas, su madre le regalaba una δόρυ, lanza de dos metros, la funda del escudo, el macuto y las grebas para las piernas; y las hermanas tejían los calcetines y seis o siete túnicas. Pero desde los terribles años de sequía y plagas de langostas que habían arrasado los cultivos de Micenas, nueve de cada diez reclutas no podían ni costearse una relleno de algodón para que el casco no les irritase el cuero cabelludo, y el botín más preciado tras las sangrientas batallas eran las armas y el equipamiento militar de los enemigos muertos.

Toni y Pausanias adivinaron que Aquiles y sus lugartenientes estaban ya en la tienda que servía de Estado Mayor a Agamenón y al resto de monarcas de la coalición aliada. Por las noches los soberanos no dormían en tierra, subían a sus botes y regresaban a los barcos, donde tenían camarotes especialmente habilitados, porque la cabeza de playa aún no era del todo segura y los troyanos realizaban incursiones desesperadas y mataban a todos los que pillaban por sorpresa aprovechando la oscuridad y su mayor conocimiento del terreno.

La carpa estaba formada por un bastidor de madera y

un recubrimiento de pieles de cabra y de vaca, que también alfombraban el suelo. La escolta de Agamenón la rodeaba por los cuatro costados, aunque estaban en actitud relajada, conversando y haciendo chanzas con los cinco Mirmidones que protegían a Aquiles.

Toni llegó hasta ellos y los saludó a todos con la mano derecha levantada y con los cinco dedos abiertos hacia adelante. Estaban hablando sobre el asunto que estaba en boca de todo el mundo: Agamenón se había visto obligado a devolver a su esclava Criseida a su padre Crises tras el vaticinio del adivino Calcante. Este había asegurado que la peste que estaba diezmando al ejército de la liga ateniense no terminaría hasta que el rey devolviera a su esclava preferida. Eso, pensó Toni al enterarse del hecho por Pausanias, no era más que un huida hacia adelante del adivino, al que no se le debía ocurrir nada más que decir. Agamenón había cumplido con el vaticinio y devuelto a Criseida, pero inmediatamente se encaprichó de la joven sacerdotisa Briseida, capturada por los mirmidones, cuya nave naufragó cerca de la costa cuando era llevada a Esciro. Aquiles se había enamorado profundamente de la sacerdotisa y, al llegarle las noticias de su rescate-secuestro por los soldados de Agamenón, montó en cólera.

Las rencillas entre Agamenón y Aquiles por Briseida enterraron definitivamente los cotilleos sobre la archisabida fuga de Helena con el príncipe troyano Paris, ocurrida ocho años antes. Helena era la mujer de Menelao, hermano de Agamenón, un hombre rudo y alcoholizado, y casi todo el mundo estaba de acuerdo con que le hubiera dejado por Paris, un joven de dieciocho años, la misma edad que ella.

Toni se había dado cuenta enseguida que el grave deshonor de Menelao, que había sido esgrimido como motivo para reunir una coalición aliada contra Troya, era en realidad una estratagema para encubrir la necesidad de una expansión de los aqueos hacia el continente, en busca de esclavos, tierras fértiles y asentamientos comerciales. Circulaban incluso rumores de que todo estaba orquestado con la connivencia de los propios fugados, quienes obtendrían su recompensa una vez conquistadas las formidables defensas de Troya.

Los soldados respondieron a su saludo mientras hincaban una rodilla en el suelo, inclinando la cabeza. La semi divinidad de Toni estaba muy presente en la jerarquía de la falange hoplita. Le reverenciaban y temían, porque el relato de la separación de su cuerpo en dos mitades y su posterior sanación, presenciado por el rey, la reina y toda la aristocracia de Micenas, aparecía aún cada noche en todas las conversaciones alrededor de una fogata.

Así que nadie le impidió el paso y entró en el cuartel general. En la sala, en torno a una mesa repleta de mapas y figuras de arcilla que representaban a los contingentes militares, estaba el rey Agamenón, su hermano Menelao, Néstor, rey de Pilos, Diomedes, rey de Etolia, Odiseo de Ítaca y otro hombre. Toni los conocía a todos, excepto a uno, el hombre situado junto a Odiseo, vestido con una túnica corta de color pardo, no demasiado vistosa pero, a pesar del calor reinante en aquel lugar, con un magnífico peto de bronce con el insecto símbolo de los Mirmidones repujado y pintado de carmesí.

Al no haber sido anunciado pudo escuchar lo que decían durante unos instantes, antes de que se percataran de su presencia.

Había empezado un agrio enfrentamiento entre Aquiles y Agamenón;

-*βαρύτης* **ἀγλαΐα** *Βρισηίς!* (¡Quiero ver a Briseida!) - rugía el primero en el momento en que Toni entró en la tienda. - ¡Como la hayas tocado te mataré!

Agamenón era mucho más corpulento que Aquiles,

aunque el otro era ágil y bastante más alto. El rey de Micenas
apartó de un empujón a Nestor y se encaró con el mirmidón.

-πρᾶγμα γράμμα θέμα ξύνδεσμος αἰτία ἀπορροή νεῦρον τὸ λῆμμα? πτῶσις ἱστορία ῥεῖθρον! (¿La salvé de las fauces de Poseidón y ahora tú la reclamas? ¡Estaría muerta, maldito insolente!)

Aquiles, cuyo carácter, Toni se cercioraría de ello más tarde, era errático e imprevisible, levantó en ese momento su puño y golpeó la cara de Agamenón, cuya nariz estalló en una cascada de sangre.

-¡Te mataré! - chilló el rey, cubriéndose la cara con las manos.

En ese momento Odiseo de Ítaca descubrió a Toni junto a la entrada de la tienda.

-κλωστήρ Zeús κῠκλᾰμῖνος ἑτέρᾱ (Zeus, divinidad. Celebro que nos acompañes) - dijo, tocando el suelo con una rodilla en señal de adoración.

Todo el mundo, excepto Pausanias, seguía llamándole *Zeús*, el nombre con el que Mamen había presentado a Toni a su llegada al palacio de Micenas.

Todos se volvieron hacia él e imitaron la reverencia de

Odiseo, incluido Aquiles.

A Toni le temblaron las rodillas y a punto estuvo de salir corriendo de aquel lugar. Constantemente tenía que auto convencerse de que aquellos hombres le consideraban un semidiós, cuando su subconsciente le recordaba sin parar que todo era fruto de una desdichada casualidad y que, como humano, no tenía nada de excepcional, y que su don, en este caso la protección de la burbuja, era una concesión de la Esfera, algo que él no comprendía en absoluto. Pero su curiosidad podía más que su miedo. Encontrarse en aquel momento de la Historia, contemplando acontecimientos que serían estudiados y recordados durante los dos mil años siguientes por millones de personas era tan fascinante y a la vez tan abrumador... Lo que le resultaba más chocante era que ninguno de aquellos aqueos inclinados ante él sabía que los actos que estaban realizando para atacar a Troya, serían recordados para siempre en la Historia.

Un momento...

De repente un escalofrío le recorrió la columna vertebral.

¿Había dicho en el interior de su mente que "sus actos serían recordados para siempre en la Historia"?

¿Y por qué los recordarían?

¡Porque alguien los describió!

¡Por Dios…!

Toni no había sido muy estudioso en su juventud, pero recordaba que un famoso poeta griego había dejado escritas en verso las aventuras de Ulises, en la que salía algo de la… guerra de Troya.

¡Homero!

Sí, ese era el nombre del poeta, muy parecido a como le llamaba su ayudante Pausanias, *Ὅμηρος Hómēro*, en su dialecto aqueménida.

Al constatar que sería él, Toni, el que dejaría todo aquello por escrito, la sensación de pánico le hizo dar media vuelta sobre sí mismo para irse de aquel lugar, pero la constatación de que todos le miraban expectantes le detuvo.

Respiró con toda la intensidad que le permitieron sus pulmones antes de darse la vuelta. Los hombres seguían con una rodilla en el suelo, esperando a que dijera algo que les permitiera levantarse.

-μεγαλοψυχία Ἀγαμέμνων, Μενέλαος, Νέστωρ Γερήνιος , Διομήδης, Ὀδυσσεὺς, βαρύτης Ἀχιλλεύς (Queridos Agamenón, Menelao, Néstor, Diomedes y Odiseo, he venido a conocer a

Aquiles) - balbuceó, intentando que sus palabras sonaran con todo el aplomo posible.

El aludido, Aquiles, le miró sorprendido y temeroso. Toni escrutó su rostro con curiosidad. Al instante le llamó la atención una fea cicatriz sobre el pómulo derecho, que mantenía su ojo izquierdo entrecerrado y que llegaba hasta la barbilla, pasando sobre la boca, en la que faltaban bastantes dientes. La herida que había provocado aquella cicatriz debió haber sido causada por el filo de una espada o lanza, y era un milagro que Aquiles no hubiera muerto por una infección, como ocurría a diario con cientos de soldados.

Seguro que el Mirmidón había oído hablar del semidiós que vivía en la corte de Agamenón, porque recuperó el aplomo muy rápidamente y enseguida intentó aprovecharse del interés de Toni por su persona. Al fin y al cabo los dioses estaban para pedirles deseos.

-¡Oh, gran *Zeús*, si te complace, ayúdame a recuperar a Griseida, que está en manos de alguien que no debería pisar la tierra!

Toni se dio cuenta enseguida de que Aquiles le estaba obligando a hacer de juez, y no le apetecía nada que sus decisiones influyeran en una historia como la guerra de Troya, fundamental para el legado cultural de la humanidad pero, al fin y al cabo, él mismo se había metido en el atolladero interrumpiendo una reunión de los reyes de la liga aqueménida.

No tenía ni idea de qué hacer o decir, así que intentó salir del paso.

-Ahora no puedo decidir sobre este asunto, Aquiles. Ya te conozco en persona y solo quiero escuchar para escribir todo lo que sucede, porque soy el que lo dejará todo anotado para que las personas que vivan dentro de dos mil años puedan saber qué ocurrió en esta guerra. Levantaos y seguid hablando sin contar conmigo, por favor.

Esta última palabra, por favor, no existía en el lenguaje aqueo, pero Toni la tomó del acadio, así sus frases causaban más efecto.

Los reyes se levantaron del suelo y se inició una charla distendida, pero Aquiles permaneció callado, con el ceño fruncido y los brazos cruzados sobre la coraza metálica que le cubría el pecho, sudando por su ansiedad. Era una persona tremendamente voluble, observó Toni, que se había sentado en una silla plegable y anotaba a grandes rasgos lo que decían en un papiro que le había pedido a Pausanias. El jóven había entrado en la tienda casi arrastrándose por el suelo, en una reverencia permanente, abrumado por el poder de los que estaban allí dentro.

Odiseo de Ítaca empezó a resumir el número de barcos que componían la flota aliada:

-Las polis de Micenas, Corinto, Cleonas, Ornías, Aretírea, Sición, Hiperesia, Gonoesa, Pelene, Egio, Egíalo y Hélica, que forman la liga de Micenas, comandada por nuestro querido rey Agamenón, han venido con cien naves. La flota de la Argólida, con nuestros amados reyes Diomedes, Esténelo y Euríalo y fletados por las polis de Argos, Tirinto, Hermíone, Ásina, Trecén, Éyones, Epidauro, Egina, Masete, envían ochenta naves…

El rey de Ítaca continuó recitando su larga lista de ciudades aliadas para acabar diciendo, a voz en grito, que era la mayor flota reunida jamás en el Αιγαίο Πέλαγος, el mar Egeo.

Todos estallaron en vítores. Toni escribía en su papiro de manera frenética la lista de polis y gobernantes que habían contribuido a la causa aliada contra Troya. Le encantaba su nuevo papel de historiador de acontecimientos que, de otra forma, nadie hubiera recordado jamás. Las hojas de papiro las fabricaba él mismo con la planta prensada y secada al sol. Las cortaba en tiras que pegaba unas a otras de izquierda a derecha y por el lado más ancho, obteniendo un rollo, a continuación unía un trozo de pergamino al rollo y escribía el título de su contenido en tinta roja.

Después de la enumeración de las fuerzas con que contaban, el rey Néstor propuso una repartición de las posiciones de la playa, que todos aceptaron. A continuación el mismo Néstor aceptó encabezar una expedición a Lisia para hablar con el rey Sarpedón e intentar que no acudiera en ayuda de Troya a cambio de jugosos acuerdos comerciales.

Por último se habló de la peste y de los remedios necesarios para acabar con ella. El anciano Diomedes recomendó usar mucho vinagre y ajo en el rancho de la falange, porque poseían las propiedades de oponerse a la putrefacción y a la corrupción del cuerpo. Toni, al escuchar que debatían sobre la epidemia, agradeció que no le pidieran que usara sus poderes para que terminara, porque no tenía ni idea de qué hacer. Sabía que las pulgas de las ratas eran las culpables de la expansión de la enfermedad, pero recomendar que los miles de soldados se bañaran y cambiaran de ropa todos los días para evitar las pulgas parecía una broma pesada.

En ese momento la reunión estratégica se dio por concluida y, tras una órden de Agamenón, cuya nariz había dejado de sangrar, un nutrido grupo de esclavos invadió la tienda para preparar la mesa de la comida. Los reyes se apartaron a un rincón y Toni se unió a ellos, aunque Agamenón y Aquiles continuaban distanciados, evitándose todo el tiempo.

-¡Abrid esto y que entre la brisa del mar, a ver si alguien que yo me sé sale volando! - gritó Agamenón. En la tienda hacía un calor espantoso. Dos esclavos empezaron a enrollar las pieles que cubrían los laterales y la tienda quedó abierta por todos sus costados. La intención, además de bajar la temperatura, era que las tropas pudieran ver a los reyes celebrando su banquete de hermandad, aunque Agamenón lo que buscaba en secreto, como se vería después, era tener a cientos de testigos que vieran cómo mataba a Aquiles por un tema de honor. Cientos de soldados hoplitas, mantenidos a raya por los escoltas de los reyes, formaron un círculo expectante sobre la arena, alrededor de la tienda, alentados por la oportunidad de ver a los reyes y al mítico semidios *Zeús*.

De los que estaban allí, el que mejor caía a Toni era el rey Odiseo de Ítaca. Había estado hablando con él durante horas la noche pasada ante la temblorosa luz de una fogata.

Odiseo, una vez superado el miedo a Toni, le habló de su mujer, Penélope, y de su hijo Telémaco, al que adoraba.

Solía ocurrir que los hombres poderosos hablaban a Toni de una forma muy sincera, al creer que estaban ante un semidios mucho más importante que ellos, alguien que se dignaba a bajar a la tierra y que intentaba ocultarse entre los humanos, aunque no podía esconder sus poderes, porque tenía un halo mágico a su alrededor que ningún mortal podía traspasar.

-Penélope es muy cruel con sus esclavas. Las manda azotar hasta que no sirven para nada… Me da miedo que, al venir aquí, a Troya, mi padre Laertes intente reinar de nuevo, porque hicimos un pacto: me cedía el trono si yo le permitía seguir administrando Crocilea y Egílipe. Acepté porque quería ser rey, aunque Penélope, que conoce incluso mejor que yo a mi padre, me dijo que era una trampa. Y así ha sido, porque mi padre permite que los piratas de Caria fondeen en Egílipe para atacar a nuestra flota comercial, llevándose él una buena parte del botín. Todo el mundo ya se ha enterado de eso y dicen que mi propio padre se ha reído de mí… Cuando termine esta guerra y hayamos acabado con los troyanos, destruiré Egílipe y todas las naves que encuentre allí… Si tengo que matar a Laertes le mataré…

-¿A tu propio padre, Odiseo? ¿Serías capaz de matar a tu propio padre? - preguntó Toni, intrigado.

El rey le miró con el ceño fruncido y una expresión de ira desenfrenada. No estaba acostumbrado a que alguien le preguntara directamente cosas como aquella. En momentos como ese Toni agradecía mucho tener aún la burbuja protectora, porque aquellos hombres eran capaces de matar a otra persona como si fuera la cosa más normal del mundo. Por suerte Mamen no se la había quitado antes de irse con la Esfera.

-Bueno, dicen que mi padre Laertes mató al suyo, Arcisio, rey de Cefalonia, así que los dioses aprueban que los hijos de los reyes intenten gobernar cuanto antes - dijo Odiseo, recuperando su semblante original.

-¿Y la fortaleza de Troya? ¿Qué te parece, Odiseo? ¿Podréis conquistarla solo con la falange? - dijo Toni. Una hora después de pisar la arena había recorrido los diez kilómetros que separaban la costa de la ciudad para echar un vistazo. Troya era bastante extensa, aunque la mayor parte de sus viviendas se situaban fuera del recinto amurallado. Muchas de ellas habían sido quemadas una y otra vez durante las numerosas escaramuzas de los nueve años que duraba la guerra, pero los troyanos las volvían a levantar con paja y adobe, al fin y al cabo, tenían que vivir en alguna parte.

Distraído, Toni se adentró en los campos que rodeaban

las murallas. Los habitantes de aquellos arrabales continuaban haciendo vida normal, arreando el ganado y cultivando los campos, aunque estaban prevenidos del desembarco de nuevos refuerzos atenienses. Por ese motivo, al ver que Toni venía de la playa y que iba vestido a la usanza de Atenas, un grupo de cinco campesinos le atacó con sus azadas con la intención de matarle. Los golpes contra la burbuja le tiraron al suelo, pero nada podía penetrar el halo magnético. Los campesinos salieron huyendo aterrorizados.

No intentó acercarse más a Troya aquel primer día y regresó al campamento de la playa, pero se llevó la impresión de que la ciudad, con esas murallas de diez metros de altura, era inexpugnable. Solamente un aislamiento total podía hacer que se rindiera, obligando a sus habitantes a pasar hambre y sed. No había visto armas pesadas como catapultas en ninguna nave de las que formaban la flota aliada, posiblemente no se habían inventado todavía, así que las murallas eran realmente eficientes para proteger una ciudad.

-Los rodearemos y no dejaremos que entre ni comida ni agua. Esta vez, a diferencia de las otras campañas, sí que somos suficientes para hacerlo - confirmó el rey de Ítaca mientras daba bocados a un trozo de carne de cabra asada pinchado en una rama de sabina, corroborando las sospechas de Toni. -Saldrán como ratas de ahí dentro cuando les ataquen las enfermedades.

Pausanias había conseguido un odre de piel lleno de vino y se lo ofreció a Toni. Los escoltas y esclavos del rey comían en una hoguera aparte. Empezaron a tomar largos tragos, lo que provocó que Odiseo perdiera la inhibición causada por el poder sobrenatural de Toni y empezara a hacerle preguntas directas.

-¿Y tú, gran *Zeús*, por qué has venido a vivir con los mortales y nos has regalado con tu compañía?

Los ojos le brillaban de la emoción cuando pronunció aquellas palabras. A Toni también empezaba a hacerle efecto el vino, unido al cansancio de los interminables días de navegación por el Egeo.

-Bueno… vengo de un lugar muy lejano, Odiseo. Es difícil de explicar. Todo esto, lo que tú y yo vemos ahora, la sociedad en la que vivimos, la gente que nos rodea, continuará hacia adelante, nunca se detendrá… Tus hijos, y los hijos de tus hijos, y los hijos de los hijos de tus hijos… Eso se llama la Historia, el Tiempo. Pasará mucho, mucho tiempo, tantos días que no puedes ni imaginarlos. Yo vivía en un lugar precioso, una isla de este mismo mar, aunque vuestras naves todavía no han llegado hasta allí. Pero una noche unos… unos dioses malos que llegaron desde el cielo, mataron a todos los mortales que vivían conmigo, menos a mí y a mi esposa, Γαῖα.

-¿A todos? ¿Mataron también a la gente de Ítaca? - le interrumpió Odiseo, abrumado.

Toni se echó a reír. ¿Cómo explicarle el paso de dos mil quinientos años a aquel hombre? Era imposible, pero el vino le había soltado la lengua y la mente.

-¡Ja, ja, ja! No, tú… tú ya no existirás cuando ocurra, Odiseo. Ítaca ya no existirá tampoco, será algo lejano, pero en lugar de Ítaca habrá un país llamado Grecia, y… sí, todos los habitantes de este país llamado Grecia también morirán… Todo el mundo, la gente que vive en todos los países, mujeres, niños y hombres…

Odiseo ya estaba bastante borracho. Enfurecido, sacó su espada y la levantó hacia el cielo nocturno.

-¡Malditos dioseeeeeesss! ¡Bastardooooooss! ¡Os matareeeeeeeeeeeeeee!

Los soldados de su escolta le imitaron. El eco de sus gritos se multiplicó por la playa, llena de fogatas, y un rumor sordo surgió de cientos de gargantas, porque los soldados creían que el odio del rey de Ítaca iba dirigido hacia los troyanos.

A Toni le hizo mucha gracia aquella absurda situación.

-¿Tú sabes dónde viven, gran *Zeús*? ¿Dónde están esos dioses malos? ¡Iré hasta allí y les cortaré la cabezaaaaaaaaaaa!

De nuevo un griterío recorrió la oscuridad tachonada de puntos luminosos. Era una noche oscura, con la luna en cuarto menguante. Las siluetas de las triacónteras ancladas a cien metros de la orilla, con sus largas hileras de remos de ocho metros levantados en los costados, se dibujaban contra el fulgor inerte del agua encalmada en la que las colas de una manada de doscientos delfines listados dibujaban círculos, durmiendo boca abajo.

-¡Ja, ja, ja! ¡Cálmate, rey de Ítaca! ¡Ningún mortal puede matar a uno de esos dioses! - gritó Toni, tirando de la ropa de Odiseo para que se sentara. Tal familiaridad dejó boquiabiertos a los miembros de la escolta personal del rey, que nunca habían visto nada parecido.

-¡Yo sí puedo! ¡Te he dicho que les buscaré hasta encontrarlos! - farfulló Odiseo, mientras su silla plegable se hundía en la arena y él caía de costado.

-¡De acuerdo! ¡De acuerdo! - Toni extendió las manos hacia adelante, sin parar de reír. -¡Te ayudaré, rey de Ítaca! ¡Me gusta la idea! ¡Recorreremos el mar hasta el lugar más lejano donde haya llegado una nave y luego iremos más lejos todavía! ¡Te ayudaré! ¡Escribiré la Odisea mientras viajamos! ¡Ja, ja, ja! ¡Me encanta todo esto!

Después de estas palabras Toni se quedó dormido sobre la arena, tan borracho como aquel fatídico día en el palacio de Micenas, cuando Mamen estaba dando a luz a su bebé. Gracias a la esfera no necesitaba taparse, porque no tenía ni frío ni calor, ni le fastidiaban las gigantescas nubes de mosquitos procedentes de unas marismas cercanas y que atacaban a los soldados sin piedad, transmitiéndoles el paludismo. Se dejaba caer y dormía donde fuera, como si estuviera en una cama mullida.

Los hoplitas que hacían la ronda pasaron por su lado varias veces durante la noche y, dándose codazos, agradecieron a los dioses que *Zeús* estuviera con ellos.

—*Ὅμηρος Hómēro… Ὅμηρος Hómēro…* Despertad, van a empezar a comer y os están esperando…

Pausanias zarandeó a Toni con suavidad. No a él, porque no podía tocar su cuerpo aislado por la burbuja, sino a la invisible capa magnética, a la que ya se había acostumbrado.

-Mmmmmm… ¿Qué? Ah, sí. ¿Ya está puesta la mesa? Vale, vamos…

Mientras los esclavos lo preparaban todo para el almuerzo, Toni se había retirado a un rincón a escribir algunas frases. Antes de doblar el papiro para guardarlo en la caja le echó un último vistazo.

ΙΛΙΑΣ

Μῆνιν ἄειδε, θεὰ, Πηληιάδεω Ἀχιλῆος
οὐλομένην, ἣ μυρί' Ἀχαιοῖς ἄλγε' ἔθηκε,
πολλὰς δ' ἰφθίμους ψυχὰς Ἄϊδι προΐαψεν
ἡρώων, αὐτοὺς δὲ ἑλώρια τεῦχε κύνεσσιν
οἰωνοῖσί τε πᾶσι· Διὸς δ' ἐτελείετο βουλή·
ἐξ οὗ δὴ τὰ πρῶτα διαστήτην ἐρίσαντε
Ἀτρείδης τε ἄναξ ἀνδρῶν καὶ δῖος Ἀχιλλεύς.

No estaba seguro de que la grafía estuviera bien hecha, así que se lo dio a Pausanias, quien se encargaría de repasar los trazos para que quedaran indelebles sobre el papel vegetal.

Los reyes le estaban esperando. Sobre la mesa había ya un extenso repertorio de aperitivos τραγήματα, castañas, habas, granos de trigo tostado y tortas de miel, encargados de absorber el alcohol y prolongar la bebida.

-¡Siéntate a mi lado, gran *Zeús!* - gritó Agamenón, con

los ojos brillantes por el vino y la excitación, mientras observaba de reojo a Menelao, que estaba ya completamente borracho, pero aún se mantenía en pie. Había mucha tensión en el ambiente. Toni se dio cuenta de que los escoltas de los reyes también estaban en guardia, porque pasaban muchas horas junto a ellos y les conocían bien. Los hoplitas de Agamenón y los mirmidones de Aquiles habían dejado de confraternizar y ahora rodeaban el perímetro con semblante serio y expectante, sus manos apretando los mangos de las lanzas con nerviosismo.

El rey Néstor de Pilos, con la boca llena de garbanzos tostados y una copa de vino en la mano, intentó romper el hielo con un brindis:

-¡Atridas y demás aqueos de hermosas grebas! Que los dioses, que poseen olímpicos palacios, nos permitan destruir las murallas de Troya y regresar felizmente a la patria!

En ese momento dos esclavos entraban un cordero asado con la carne todavía chisporroteando.

-Bonito ejemplar, Agamenón - exclamó Aquiles, al verlo. -¿Lo has pagado con el espléndido rescate de Crises?

Se rumoreaba que Agamenón no había devuelto a Criseida a su padre por el vaticinio de Calcante, sino por un rescate en oro que había aliviado mucho las delicadas finanzas de Micenas.

-¡Lo hice para que la peste nos dejara en paz, por el bien del ejército! - respondió Agamenón, con la copa de vino en los labios, derramándose el líquido sobre su pecho. -¡No como tú, que dices que todo te pertenece, incluso lo que envías al mar para que se lo trague Poseidón!

En ese instante ocurrió lo que todo el mundo intuía. Agamenón sacó una daga de su cinturón y, ocultándola tras la espalda de su hermano Menelao, se fue acercando a Aquiles mientras hablaba, con la intención de clavársela cuando estuviera lo suficientemente cerca. Los demás reyes vieron la jugada y dieron un paso atrás, porque no era cuestión de inmiscuirse en aquella pelea de honor. Toni también vio el brillo de la afilada hoja de la daga con empuñadura de marfil en la mano de Agamenón y no pudo evitar un grito de sorpresa.

-¡Cuidado!

Aquiles, advertido, se dio cuenta del peligro, pero equivocó la estrategia e intentó sacar su espada para defenderse perdiendo unos segundos preciosos. Agamenón llegó hasta él, salió del amparo del corpachón de su hermano, y levantó la daga para clavársela bajo la axila izquierda, directo al corazón, lo que provocaba una muerte casi instantánea.

La intervención de Toni fue tan instintiva como audaz. Lanzó su mano hacia adelante en un gesto mecánico, aunque no lo hubiera hecho jamás si no se sintiera protegido por la burbuja.

La daga de Agamenón, que se dirigía con toda la fuerza de su brazo hacia la carne, chocó con la protección magnética de la burbuja y se desvió hacia abajo, saliendo despedida de su mano. Al final de su trayectoria se clavó en la arena, junto a la pierna derecha de Aquiles, cortándole el tendón del pie.

-¡Maldito bastardo! ¡Cabrón! - le gritó Agamenón a Toni, con los ojos inyectados en sangre. En ese momento Aquiles había perdido la fuerza de su pierna derecha y se desplomaba como un fardo, pero mientras lo hacía lanzó su espada hacia Agamenón en una trayectoria ascendente, que chocó contra el cuerpo de Toni y salió despedida hacia la derecha. Estalló un griterío dentro y fuera de la tienda. Los escoltas se acercaron y se apuntaron mutuamente con sus lanzas, dando saltos de nerviosismo sobre la arena, evaluando la situación.

Agamenón estaba siendo sujetado por Menelao, haciendo ver que él no había intervenido para nada. Aquiles se oprimía el pie, que sangraba en abundancia.

Toni jamás hubiera imaginado que estaría involucrado en una escena como aquella. Adelantar un brazo, eso era todo lo que había hecho, pero algo le decía que estaba moviendo resortes de la Historia, y no le gustaba nada.

Sin embargo ya no podía parar. Ahora se sentía frenético, con la adrenalina recorriendo sus venas como un desbocado torrente de montaña. Sin pensarlo demasiado, se agachó para tomar el arma de Agamenón, la daga que le había cortado el tendón a Aquiles, pero uno de los mirmidones creyó que iba a intentar matar con ella a su general y se lanzó sobre él con la lanza. El asta rebotó contra la burbuja, pero el cuerpo del soldado cayó sobre Toni por su misma inercia, lo que provocó que él, al volverse sobresaltado por el ataque, le clavara la daga de Agamenón en la ingle.

-¡Nooooo! ¿Pero por qué? - gritó, desconcertado. Notaba la sangre del hombre descendiendo por su muñeca y veía los ojos de sorpresa y dolor clavados directamente en los suyos.

Soltó la empuñadura de la daga y el soldado cayó hacia atrás, sobre la mesa, desparramándolo todo. El resto de mirmidones dudaron unos instantes, pero al final también atacaron a Toni con sus lanzas. Estaban aterrorizados por el hecho de despertar la cólera de un semidiós, pero su honor se lo exigía, y eso estaba por encima de todo.

Toni, cuando vio las afiladas moharras de bronce de las lanzas de tres metros que se dirigían hacia él, levantó las manos para apartarlas, lo que, a la vista de todos los que estaban allí y del círculo de soldados que rodeaban la tienda, fue un gesto mágico, porque no llegó a tocar las armas, estas salieron despedidas sin que rozaran ni siquiera su carne.

Los mirmidones, al entender que todo era inútil, optaron por postrarse ante Toni, al fin y al cabo, temer a un Dios no era ningún signo de deshonor, más bien al contrario.

-¡Basta ya! - gritó él, frenético, arrodillándose junto al mirmidón que sufría una hemorragia interna, mortal de necesidad, mientras su cuerpo se debatía en espasmos sobre la alfombra que cubría el suelo de la tienda. -¡Mirad lo que me habéis obligado a hacer! ¡Pausanias, ve a buscar a Macaón! ¡Rápido! ¡Corre!

Macaón, o μάχαιρα, que significaba "cuchillo", era el cirujano del hospital de campaña. Un hombre jóven, de unos treinta años, cuyos conocimientos habían asombrado a Toni cuando le conoció mientras aplicaba puntos de sutura a las horribles heridas de un soldado que había perdido un duelo de honor. Macaón no solo era médico, había llegado a Troya con su propio ejército al mando de treinta naves procedentes de Tricca, Itome y Ecalia, pero cuando él y su hermano Podalirio llegaron a la tienda el soldado mirmidón ya había muerto por una parada cardiorrespiratoria..

Toni dejó el cuerpo en el suelo y se levantó despacio, con los ojos llenos de lágrimas. Desde que había viajado hacia atrás en el tiempo, la violencia y la muerte le rodeaban. Ya se había acostumbrado a ver piras funerarias con decenas de cadáveres víctimas de la peste y, además, al estar en un lugar con una gran acumulación de soldados de diferentes ciudades, aliadas pero, al final, rivales entre sí, las peleas y venganzas entre la tropa y los oficiales eran algo a la órden del día y las heridas por filos cortantes eran algo brutal pero cotidiano en aquel lugar lleno de miles de armas de bronce de todas las clases y tamaños.

Así que no debería haberle afectado tanto la muerte de aquel hombre al que había clavado involuntariamente la daga y que mientras cerraba los ojos por última vez mantenía su mirada clavada en la suya, pero lo había hecho.

En aquel momento se sentía desolado, con el corazón en un puño, y no podía dejar de llorar.

Se dirigió a una de las mesas auxiliares, llenó una copa

de una jarra de vino sin aguar y se la bebió de un trago. El amargo líquido le abrasó la garganta y le provocó arcadas, pero enseguida se sobrepuso.

Salió de la tienda dando grandes zancadas, mientras lloraba a lágrima viva y gritaba: "¡Mamen! ¡Mamen! ¿Dónde estás? ¿Por qué me has abandonado aquí? ¡Por favor, ven a buscarme! ¡Te lo pido por favor, ven a buscarme!"

La gente se apartaba para dejarle pasar, entre un gran silencio, sin entender su desdicha, interpretando sus lágrimas como un capricho, una veleidad de los dioses caídos a la tierra..

Atravesó la muralla de soldados malolientes y se metió en las marismas que flanqueaban la playa por la parte sudoeste.

4- Mamen y la voluble Pasifae - Pretende que la azoten - Ahora son amigas íntimas - Minos, ese niño caprichoso, dueño de todo - La reina en dos mitades - Terremotos - Sacrificios - La pequeña Mnemósine, sola.

El palacio de Cnosos era muy diferente cuando Mamen apareció en el camino que conducía a la entrada.

-Vaya, ahora es mucho más pequeño y siniestro… - se dijo a sí misma, mientras un grupo de comerciantes junto a los que se había materializado después de pedirle a la Esfera que la llevara al mismo lugar pero cien años antes salía huyendo despavorido, dejando sus cestos con verduras tirados por el suelo y sus animales sueltos.

Ella se agachó para recoger un fruto parecido a una pera y le dio un bocado.

-Qué rica… Bueno, Mnemósine, ahora sí que estamos ante el palacio de Cnosos original, y si existe un Minotauro, tiene que estar debajo de esta colina… ¿Te va a dar miedo si lo encontramos? Sí, a mí también, pero no pienso irme de aquí sin verlo. No te preocupes, estamos a salvo de todo, nadie puede tocarnos, tesorito de su mamá. ¿Tienes hambre? Toma, come un poquito, cariño mío.

Se sentó sobre una roca y se puso a la niña en el pecho izquierdo. La bebé empezó a chupar con ansia, haciendo unos ruiditos muy graciosos, pequeños gemidos. A Mamen le hacían mucha gracia aquellos ruiditos. No había mayor satisfacción en la vida que tu bebé se alimentara de tí misma, de lo que producía tu propio cuerpo, aquella sustancia dulzona de color blanco que salía a chorros de sus pezones solo con apretarlos un poco con los dedos.

La gente que había salido corriendo la observaba ahora desde detrás de los troncos de un frondoso pinar situado a la derecha del camino. Los bosques de pinos lo invadían todo en aquella isla mediterránea, a pesar de que un ejército de leñadores los talaba sin descanso, porque la madera era la materia prima para todo. Los troncos más grandes se usaban para las vigas del palacio, que luego eran recubiertas de una argamasa policromada y decorativa, dándoles la apariencia de una columna de piedra. También se usaba la madera de pino para muebles y utensilios y para el calor del hogar y las cocinas. El olor a resina lo impregnaba todo, pero aún así, la presión de aquella comunidad sobre la vegetación era sostenible, no había alcanzado el límite de la deforestación y, en muchos recodos del camino, los árboles eran tan altos y frondosos que ocultaban el palacio, construido sobre una elevación del terreno.

-¿Nos quitamos la burbuja, Mnemósine? ¿Eh? ¿Lo hacemos? ¿Qué te parece?

Como respuesta, la niña eructó y después echó una bocanada de leche sobre su hombro, porque ella la había levantado y le daba golpecitos en la espalda, como le había visto hacer a su hermana con sus sobrinos antes de la catástrofe.

-Muy bien, cariño mío, tesorito de su mamá - Levantó a la bebé en el aire y la sostuvo durante unos instantes. La gente se iba acercando despacio, ya que ahora la escena no resultaba extraña en absoluto. Al fin y al cabo no era más que una madre que terminaba de dar de mamar a su bebé, un gesto totalmente cotidiano, obviando que aquella mujer y su hija habían aparecido de repente en medio del camino.

Pero los nuevos viandantes no sabían nada de la misteriosa aparición de Mamen, así que, tras salir de la curva que formaba el camino, pasaban junto a ella con toda normalidad. Lo único extraño resultaba la Esfera, suspendida a varios metros de altura, pero como su color era de un azul cobalto, el efecto de la luz solar la camuflaba con las frondosas copas de los pinos.

-¿Lo hacemos? ¿Eh? ¿Quito la burbuja? ¡Venga, vamos

a probar! - Miró hacia arriba y deseó que la burbuja
desapareciera.

Un alud de sensaciones la golpeó de repente. Primero
una cascada de olores, la mayoría agradables, como la resina
de los pinos y el aroma de las flores; pero también horribles,
como el sudor de la gente que pasaba por su lado o la
pestilencia de las bocas cariadas o de las heridas infectadas.
Dentro de la esfera Mamen solo se olía a ella misma y a su
bebé, un aroma que la embelesaba. Ahora, para aspirar aquel
aroma a lavanda y a piel nueva de Mnemósine tenía que
pegar la nariz a su cuerpo e inspirar profundamente.

Lo segundo que empezó a atormentarla después de
abandonar la invisible capa de protección de la burbuja fue la
temperatura. Estaban en pleno verano y el aire era seco y
enardecido, tan caliente que Mamen tuvo la impresión de
estar en el interior de un horno microondas.

Pero al cabo de unos instantes en los que ella no dejó
de sudar y la bebé de llorar, porque no le gustaban nada
aquellas nuevas sensaciones con las que la azotaba un
ambiente desconocido aún para ella en su corta vida,
empezaron las dos a acostumbrarse. Al fin y al cabo su
cuerpo estaba hecho a la medida del mundo que las rodeaba.
Su hipotálamo cumplía las funciones de termostato y

regulaba su temperatura corporal para que el cuerpo se encontrara siempre entre los treinta y seis o treinta y siete grados. El sentido del olfato era un sistema de alerta para advertir señales de peligro, como alimentos en mal estado o el humo de un incendio, y la melatonina pigmentaba la piel para evitar el daño de los rayos ultravioleta.

Así que lo normal, lo que los organismos de Mamen y de su bebé ansiaban, era aquello, las sensaciones naturales, y no la sobreprotección de la burbuja que las aislaba del mundo exterior.

-Bueno, cariño, vamos allá - dijo, empezando a caminar en dirección a las murallas del palacio, metiéndose en el río de gente que se dirigía a la feria semanal.

Al llegar al propileo occidental, uno de los accesos más concurridos, empezó a ver las diferencias entre el complejo palaciego que ella había visto doscientos años más tarde y el actual.

Para empezar, aún no se rendía culto al toro, porque no se veía ninguno de esos murales que representaban batallas entre toros bravos y hombres desnudos, y las abundantes esculturas en piedra de dos cuernos tampoco adornaban ningún dintel.

En vista de aquello la leyenda del minotauro aún no

existía, cosa que alegró a Mamen mientras se dejaba arrastrar por la apestosa corriente humana hacia el corredor de la procesión, que se abría a un gran patio donde la gente rodeaba unos pozos excavados en el suelo y que hacían las funciones de granero.

Se acercó a uno de los silos. Dentro había dos hombres que sacaban espuertas de grano. Una mujer estaba esperando. El hombre que estaba en el exterior del silo vertió una espuerta de grano en una especie de alforja de esparto que llevaba la mujer a la espalda. Al terminar la operación le dio una moneda muy grande, acuñada a macuquina, con la figura de una lechuza en el anverso y una rama de olivo en el reverso, pero el hombre, al ver la moneda, empezó a negar con la cabeza y a lanzar imprecaciones a la mujer. Al parecer aquella moneda no había sido acuñada en Minos, sino en Atenas, y no era aceptada allí, así que alguien había estafado a aquella mujer, de unos treinta años y sin apenas dientes en la boca, lo que la hacía parecer de sesenta. Le habían dado la moneda a cambio de algo y ella no sabía distinguir los episema, o signos distintivos, de la monedas de cada polis.

-¡La lechuza es de Atenas, la manzana de Milos, el Pegaso de Corinto, la espiga de trigo del Metaponto y la tortuga de Egina! - empezó a gritarle el hombre, con un tono paternalista y una expresión en la cara que indicaba que ya había dicho lo mismo varias veces aquel día.

La mujer se puso a llorar. Era evidente que necesitaba aquel cesto de trigo, pero el hombre no iba a dársela con aquella moneda y le hacía gestos para que vaciara de nuevo el trigo en la espuerta. Mamen no se lo pensó dos veces y le pidió a la Esfera que llenase el bolsillo de la mujer con veinte monedas de Creta.

Al notar de repente el peso en el bolsillo de su vestido, la mujer se inclinó hacia adelante con un gesto de sorpresa en la cara. Metió la mano y sacó varias monedas con el episema de un delfín nadando sobre las olas en ambas caras. Ese era el dibujo correcto de las monedas cretenses. Su sorpresa fue tan grande que empezó a dar gritos, mirando hacia todas partes.

-¡Cállate, no grites tanto, que vas a atraer a los ladrones! - le indicó Mamen, poniéndose el dedo índice delante de los labios, con un gesto de complicidad en la cara.

La mujer escondió rápidamente las monedas, le dio una al hombre y enseguida se arrodilló a los pies de Mamen, quien la obligó a levantarse tomándola de las axilas.

-Gracias, gracias, gracias, bella señora, gracias, gracias…

Lo que menos deseaba Mamen era ser el centro de

atención, pero algunos curiosos ya se acercaban a ver qué estaba ocurriendo.

-No te preocupes, soy una mujer muy rica, de la familia real. ¿Sabes dónde puedo encontrar al rey, mi pariente? Me he perdido.

-¡Por allí! ¡Después del edificio rojo! ¡Dónde están los guardias! - le indicó la mujer.

Mamen se lo agradeció con un beso en la frente y se dirigió hacia el lugar. A pesar de que la distribución arquitectónica era diferente, la escena se parecía mucho a la de la vez anterior, aunque en esta ocasión no iba protegida por la burbuja, y eso la estaba poniendo cada vez más nerviosa.

El joven soldado del cuerpo de guardia la miró con desdén cuando se acercó a preguntar si podía pasar al interior de la zona privada de la familia real, pero otro soldado, este más veterano, le dio un codazo al ver sus lujosas ropas, lo que indicaba que era una persona importante.

-κῠκλᾰμῑνος ἑτέρᾱ Μίνως (Vengo de un lugar lejano para ver al rey Minos) - dijo ella, intentando aparentar calma.

El veterano entró en el cuerpo de guardia, del que salían estruendosas carcajadas, para avisar al oficial. Este salió visiblemente molesto, dando un puntapié al soldado por haberle molestado, pero su gesto cambió al ver las ropas de Mamen.

-Le acompañaré - dijo, arreglándose rápidamente el uniforme. -¿Viene sola?

Mamen dijo que sí, lo que extrañó al oficial, porque los miembros de la corte solían viajar rodeados de un nutrido grupo de esclavas y esclavos.

-Mis esclavos se rebelaron y huyeron… Voy a comprar otros en cuanto se celebre el mercado… - añadió, felicitándose enseguida a sí misma por ser capaz de inventar semejante historia.

El oficial pareció satisfecho con la explicación.

-Los esclavos de Litos son fuertes, pero muy caros - dijo, mientras cruzaba la entrada. -Y las mujeres de Gordina hacen muy bien las tareas domésticas. No le compre nada al comerciante Νισος, engaña a todo el mundo y sus esclavos suelen fugarse, alguno a matado a sus amos. a lo mejor los suyos eran de ese ladrón. Aquí les damos un buen escarmiento a los que se portan mal… - En ese momento atravesaban un patio flanqueado por diez tinajas gigantes que desprendían un intenso olor a aceite de oliva y a salazón de pescado. -Ese intentó envenenar la comida de la reina.

El oficial señaló un lugar elevado con la mano mientras su boca se torcía en una sonrisa. Cuando Mamen miró hacia el lugar que le indicaba casi se desmayó de la impresión. Había un hombre atado a un poste con evidentes signos de tortura. Le faltaba una mano, que seguramente le habían amputado y vendado después para que no muriera desangrado, y también le faltaban las orejas, y la nariz, pero continuaba vivo, porque gemía sin parar mientras movía ligeramente la cabeza. Habían colocado el poste en lo alto de la muralla que cerraba el complejo privado para que todo el mundo, desde el exterior, pudiera ver como se escarmentaba a los esclavos rebeldes. De hecho en ese momento se cruzaron con dos hombres que llevaban una especie de tenazas en las manos y se dirigían hacia el pobre desgraciado, riendo y haciendo bromas. Mamen escuchó lo que decían:

-Hoy vamos a arrancarle los dientes para que grite mucho y se oiga hasta en Ἀθῆναι.

No podía tolerar eso. Miró hacia arriba y le pidió a la esfera que matara a aquel pobre hombre de un ataque al corazón. La cabeza del desgraciado se inclinó enseguida sobre su pecho. Los verdugos ya no tenían nada que hacer. Mamen sintió náuseas al mirar aquel cuerpo destrozado por última vez, pero estaba contenta por haber podido aliviar en cierta manera su sufrimiento.

Llegaron a una sala donde se había concentrado un numeroso grupo de personas con largas túnicas de color carmesí y unos sombreros cónicos en la cabeza, hechos con corteza de árbol. Cantaban unos salmos mientras inclinaban el cuerpo hacia adelante y hacia atrás con una cadencia frenética ante una estatuilla de madera policromada de medio metro de altura que representaba a Γαῖα, la diosa Gea, la

diosa primigenia que había creado la Tierra, aunque la Tierra que se conocía en aquel tiempo era solo una pequeña parte de la verdadera dimensión del planeta.

Atados con cuerdas de cáñamo a unas argollas de la pared había cinco cabras que iban a ser sacrificadas a Γαῖα

aquella mañana. Después los animales serían asados y los sacerdotes se los comerían, dejando una parte como ofrenda a la diosa.

En realidad, lo que estaban celebrando es que se acercaba un banquete, pensó Mamen, divertida. Igual que ocurriría a lo largo de toda la historia que quedaba hasta el siglo veintiuno, la clase sacerdotal se autoproclamaba guardiana de las tradiciones y, añadido al miedo a lo desconocido, se adueñaba de los centros de poder en su beneficio. De hecho, la palabra con la que se denominaba al sumo sacerdote era ἱεράρχης, o hierarjes, formada por ἱερεύς, sacerdote y ἀρχή, que significaba primer lugar, gobierno, mando.

Precisamente en aquel instante se cruzó con ellos un reducido grupo que se dirigía a la sala de la deidad, donde se encontraba el grueso de las sacerdotes. En cabeza iba un hombre de mirada severa y ojos pequeños y escrutadores, con la túnica carmesí adornada con unos signos en forma de letra T, que a Mamen le recordó mucho la forma del Alienígena que había encontrado debajo de la torre del homenaje de la Alhambra y un sombrero en la cabeza que también tenía la forma de la letra T, aunque algo más aplastada.

- Γαῖα estaba muy enfadada ayer - dijo el oficial, después de haberse detenido y hecho una reverencia al sumo sacerdote, mientras señalaba unas grietas en las paredes en las que se podía meter el dedo pulgar. -El hierarjes sacrificará mucho esta década del mes que comienza para que no nos destruya…

Mamen intuyó, mientras se fijaba bien y se daba cuenta de que muchas paredes del palacio estaban agrietadas, que el oficial se refería a que se estaban produciendo terremotos últimamente, algo que los cretenses atribuían al malestar de Γαῖα, la diosa Gea. Sonrió al pensar que, con toda

probabilidad, ella y Toni habían iniciado el culto a los dioses Zeus y Gea, cuando se habían identificado como tales la primera vez que aparecieron en la Grecia Arcaica, en el continente, en las faldas del monte Olimpo. Estaba muy claro que ellos influían en la manera de pensar y en las creencias de la población, aunque fuera de forma involuntaria.

-No, yo no he provocado los terremotos - murmuró, mientras se le escapaba una carcajada. El oficial la miró de reojo, con curiosidad. Mamen recordó que, al buscar información sobre el palacio de Cnossos en la tablet, había leído que el ocaso de la civilización minoica se había debido, probablemente, a una serie de terremotos y maremotos, ya que en el fondo del Egeo septentrional había fallas tectónicas muy activas.

De todas formas, el declive de Cnossos no ocurriría hasta dentro de cuatrocientos años, pero también recordó que el palacio había sido destruido y reconstruido varias veces durante su historia, así que, probablemente, un gran terremoto estaba a punto de suceder. Miró hacia arriba en busca de la Esfera y la vio, suspendida en el aire en un rincón del pasillo donde se encontraban, camuflada con el colorido de las paredes, que en aquel lugar era de un azul añil. Se sentía a gusto sin la burbuja, "al natural", pensó, riéndose de sí misma, pero la sola idea de que un cascote le cayera en la cabeza y quedara inconsciente, sin posibilidad de pedirle a la Esfera que las sacara de allí a ella y a Mnemósine, mientras el techo las sepultaba, no le hacía ninguna gracia.

-No, esperaré un poco más antes de volver a ponerme la burbuja, quiero disfrutar de esto tan real - decidió, mientras entraban en otra sala, en la que había un trono de madera y un grupo de hombres concentrados alrededor de una gran mesa llena de papiros desenrollados y sujetos con piedras. El oficial echó un vistazo rápido y pasó de largo, al parecer no había encontrado a la persona que buscaba. Recorrieron otras dos salas y, al final, entraron en una en la que había cuatro mujeres en torno a una mesa cubierta con montañas de telas y de bandejas con abalorios.

El oficial fue descubierto enseguida por una criada, que se acercó a ver qué quería. Este le siseó algo al oído. La criada, una chica muy jóven, con la barbilla llena de acné y el pelo recogido en un moño de casi dos palmos de altura, descubrió a Mamen y a su bebé detrás del oficial y abrió los ojos desmesuradamente al ver la lujosa ropa y las joyas que vestía.

-Soy Κίρκη, esclava de mi señora reina - dijo, inclinando la cabeza, mientras se limpiaba la nariz con el dorso de la mano. Estaba muy resfriada - ¿A quién tengo el honor de anunciar?

-Gracias por tus servicios - le agradeció Mamen al oficial, que ya se retiraba. -Ehh… soy Δαμία - No sabía qué decir y se acababa de inventar un nombre que, en la pronunciación griega, era muy parecido a Mamen.

-Sí, señora - confirmó la chica. -Os anunciaré a la reina.

La criada se acercó a una mujer muy alta y delgada, que vestía una túnica de color azafrán, con el pelo adornado con hojas de olivo muy brillantes, al parecer recubiertas de un baño de oro. La mujer se volvió hacia ella. Tenía los ojos muy grandes y la nariz aguileña, y llevaba la cara recubierta de unos polvos blanquecinos. A Mamen le desagradó enseguida la actitud hierática y despectiva de aquella mujer. Sus lujosas ropas causaban una impresión de reverencia y temor en la gente de una clase inferior, pero claro, no había contado con que el sentimiento en la aristocracia sería todo lo contrario, envidia y rechazo por vestir mejor que ellos.

Esa era la primera impresión que parecía haber provocado en la reina. Mamen ni siquiera sabía su nombre. La mujer, tras echarle un rápido vistazo con el gesto de la cara contraído en una mueca de fastidio, decidió ignorarla durante unos instantes, lo que permitió a Mamen pedir la tablet a la Esfera y buscar información con disimulo sobre la corte real en tiempos del rey Minos.

Como todo lo que se refería a Minos, la figura de su mujer estaba sumergida en la mitología. Su nombre era Πασιφάη, o Pasífae, que significaba "la que brilla para todos", aunque eso no quería decir que fuese correcto. Era la hija de Helios y de la ninfa Creta y hermana de Circe y de Eetes y había sido criada como una princesa en la Cólquida antes de ser dada en matrimonio al rey Minos de Creta.

Mamen leyó la información con rapidez y ordenó a la Esfera que se llevara la tablet. En ese momento la reina se dignó a prestarle atención con un gesto de la mano a su criada.

Ella se acercó, siguiendo a la chica, que seguía limpiándose la nariz y sorbiéndose los mocos. Había cinco mujeres más en la sala, que se acercaron y flanquearon a la reina, observándola con recelo. No tenía ni idea de lo que hacer, así que decidió inclinarse a modo de reverencia, aunque no le hacía ninguna gracia.

-Querida reina Πασιφάη - dijo. -Soy Δαμία y he venido a tu palacio a conocerte a tí y al rey.

Un murmullo recorrió el círculo de mujeres, pero la reina levantó la mano y se callaron al instante.

-¿Cómo me has llamado? - dijo, a modo de respuesta.

Mamen chasqueó los labios en señal de impaciencia. No tenía que haber hecho caso a la Wikipedia y llamarla por un nombre que había sido escrito dos mil quinientos años más tarde pero, por otro lado, no tenía ganas de aguantar las tonterías de nadie.

-Te he llamado Πασιφάη, pero la verdad es que no tengo ni idea de cómo te llamas ni me importa.

Los gruesos y rojos labios de la pequeña boca de la reina se encogieron, se fruncieron hacia afuera y hacia dentro, confiriendo a su rostro (si alguna de sus criadas hubiera tenido el valor de decírselo, cosa que no sucedió) un claro parecido con un pez. Estuvo un rato haciendo esa mueca hasta que, de súbito, dio un chillido que hizo que todas las personas que estaban allí, incluso Mamen y la bebé Mnemosine, dieran un respingo.

-Σειληνός!!!! Llamad a Σειληνός y a la guardia! Qué se lleven a esta zorra de delante de mí y que la azoten!!

Mientras chillaba, con los ojos fuera de las órbitas, daba empujones y patadas a las criadas. Dos de ellas salieron corriendo por una puerta lateral.

Mamen miró inmediatamente hacia la Esfera para pedir de nuevo la burbuja, pero de repente cambió de idea. Con la burbuja volvería a ser lo mismo de antes, todo el mundo aterrorizado al contemplar su poder y, al final, una muchedumbre arrodillada a sus pies, adorándola. Así nunca lograría experimentar de verdad cómo era la vida en el palacio de Cnossos y descubrir si el Minotauro era un mito o una realidad. Decidió cambiar de estrategia, justo en el instante en que cuatro hoplitas entraban corriendo en la sala con las espadas desenvainadas.

-¡Qué la reina se convierta en mi amiga íntima! - deseó, mientras unas manos poderosas como martillos hidráulicos le sujetaban los brazos y una de las criadas le arrebataba a Mnemosine de las manos y se la llevaba a un rincón.

-¡Esperad, estúpidos! - De repente se oyó de nuevo el chillido de la reina, que dejó a los soldados petrificados. - Σειληνός! ¿Estás loco? ¿Cómo os atrevéis a tocar a Δαμία? ¡Fuera de aquí, malnacidos! ¡Debería hacer que os azotaran!

¡Sí, Σειληνός! ¡Te ordeno que azotes a este!

Señaló a uno de los componentes de la guardia, que se mantenía en posición de firmes. La pequeña Mnemósine hizo en ese momento un ruidito con la boca, lo que llamó la atención de la reina. La criada que la sostenía era la que estaba resfriada. -¿Y tú, maldita imbécil? ¿Por qué le has quitado la niña a mi amiga? ¡Dámela ahora mismo! ¡Σειληνός, haz que la azoten! ¡Veinte latigazos para que aprenda!

A Mamen le entró una risilla histérica. Era la escena más disparatada que había visto en su vida, pero enseguida comprendió que no tenía nada de gracioso, porque dos personas iban a sufrir mucho dolor por su culpa.

-¡Espera, Πασιφάη! Te llamo así porque eres mi amiga, es el nombre que solo te daría alguien que te quiere mucho, como yo…

La reina la miró, relajando las facciones y sonriéndole, un gesto tan raro en ella que su cara se desdibujó por completo.

Con aquellas palabras Mamen quería probar hasta donde había llegado el deseo concedido por la esfera. La respuesta le pareció muy satisfactoria.

-Tú me puedes llamar como quieras, amiga mía - respondió la reina, dejando todavía más perplejos a los que estaban en la habitación.

-Si esta mujer y este hombre han hecho algo que tenga que ser castigado es por culpa mía, querida amiga. Castigarme a mí en su lugar sería lo más justo y digno de alguien con tu majestad…

A pesar de lo trágico de la situación, Mamen no pudo evitar echarse a reír ante su pomposo lenguaje, que en realidad no era el que se usaba en la corte porque, como ya había podido comprobar, la reina empleaba palabras vulgares e insultos cuarteleros sin parar.

-Nunca te castigaría a ti, Δαμία, aunque estos campesinos digan que tengo mal carácter.

-Entonces perdonales, por favor.

-Está bien. ¡Perdonados! ¡Fuera! Tengo muchas cosas que hablar con mi amiga.

Todos salieron pitando, aliviados por poder alejarse de ella.

-Ven, querida amiga… Vamos a pasear por el jardín y hablaremos de nuestras cosas…

-¿Y tú marido el rey? Me gustaría verle - le pidió Mamen, mientras recorrían un pasillo que, de repente, se abrió al exterior dando paso a un enmarañado jardín formado por setos de cipreses, que le recordó a un cementerio.

-Ese estúpido estrá por aquí, en el jardín, seguramente follándose a Ναυκράτη, su esclava preferida - dijo la reina, ahogando una risilla. -Espero que no le encontremos, amiga mía. ¿Para qué quieres verle? Debes ser la única mujer en el mundo que tiene ganas de estar con él.

-Quiero saber si es cierto lo del Minotauro - respondió Mamen, que deseaba perder de vista a aquella mujer y dejar de estar en tensión por si se enfadaba por algo y la hacía azotar, aunque al parecer la Esfera le había cambiado el carácter por completo.

-¿El Mino que…? No sé de qué me hablas…

-¿Hay un laberinto por aquí? ¿O algún monstruo al que Cnossos sacrifique jóvenes de otras ciudades?

La reina se quedó inmóvil de repente, mirando a Mamen con ojos desorbitados.

-¿Por qué sabes tú eso? ¿Quién te lo ha contado?

-Ehhh… καρος, el hijo de Δαίδαλος - improvisó Mamen, recordando el mito del vuelo de Ícaro.

-¿καρος? ¿Ícaro? ¿Y dónde has visto a ese chico? Su padre, Dédalo, nos dijo que se había ahogado cuando intentaba irse de Creta y llegar al continente en una barca que había construido él mismo.

-No, no murió - dijo Mamen, temblando de nerviosismo por estar hablando de personajes que, dos mil años después, entrarían a formar parte de la mitología de todo el planeta. -Pero dime, ¿qué hay del monstruo? ¿Existe?

La reina acarició la naricilla de Mnemósine antes de responder.

-Hay una gruta, cerca de Καρφί, en la que se puede encontrar el Ἔρεβος, la entrada a la morada de los muertos.

Hacía muchas estaciones que los pescadores hablaban de ese lugar, pero un día, al rey se le ocurrió ir a verlo en persona. No volvió a ser el mismo. Enloqueció. No sé qué hay allí ni quiero hablar más de esto…

-Cuéntamelo, por favor. Somos las mejores amigas, ¿no? Nunca tendremos amigas tan buenas como tú y yo - le rogó Mamen, exagerando de aquella manera para aumentar el efecto de la Esfera.

-Está bien, Δαμία, lo hago porque eres mi amiga y te quiero tanto o más que a mi pobre gata Ἔρις, que murió el invierno pasado…

Mamen no pudo evitar soltar un resoplido mientras intentaba no demostrar que se estaba riendo. ¿Pero cómo podía ser tan desalmada aquella mujer? ¿Su mejor amiga en la vida había sido su gata?

-El rey dice que vio a ἀνατος, Thánatos, la muerte, en la entrada de aquella cueva azotada sin parar por las olas. Su figura era como el tronco de un árbol quemado, alcanzado por un rayo, con las dos ramas principales saliendo por los lados, también quemadas y de color oscuro…

En ese momento Mamen dejó de reír y se estremeció. El tronco de un árbol quemado… las dos ramas negras a los lados… ¡Se trataba de la misma figura que ella vio bajo la torre del Homenaje de la Alhambra! Una letra T de un color tan negro como la más profunda amargura, pero de un tacto como aterciopelado. En aquel lugar Mamen había intuido que aquella cosa estaba viva, o que contenía a un Ser vivo en su interior, pero el rey Minos lo calificaba extrañamente como algo muerto.

-Cuando el rey se acercó, Thánatos se despertó y, al saber que había un humano cerca de él, aunque el rey y yo somos parientes de los dioses y, por tanto, semi-humanos, entró en cólera y quiso comérselo…

-¿Comérselo? - la interrumpió Mamen, fascinada. - ¿Cómo qué comérselo? ¿De qué manera?

La reina la miró como si aquella interrupción fuera el mayor de los crímenes y mereciera la muerte. Al parecer nadie podía interrumpirla jamás, pero continuó hablando con normalidad, obligada por la Esfera.

-Abrió una boca tan grande como la gruta y lanzó un grito, que entró en el cuerpo del rey y lo rompió en mil pedazos…

¡Oh, por Dios! Las piernas de Mamen flaquearon en ese momento. Tuvo que dejarse caer y sentarse sobre las losas de piedra del sendero por donde caminaban. ¡El Alien había estado a punto de mandar a través del Tiempo al rey Minos! Al parecer no lo había logrado, por algún motivo que ella desconocía. Aún no había visto en persona a Minos pero, teniendo en cuenta la personalidad de su mujer, él debía ser el triple de voluble y caprichoso que ella. Como todos los tiranos, debía estar acostumbrado a salirse con la suya de pequeño. Concederle a una persona así el poder de la inmortalidad y de trasladarse a diferentes espacios temporales sería como si se le da a un niño un juguete que tenga un botón rojo para activar una bomba nuclear.

-¿Qué te ocurre, amiga mía? - dijo la reina, alarmada, al ver que Mamen se sentaba en el suelo con un gesto de desolación en la cara.

Ella movió la cabeza para indicar que no le pasaba nada. En ese momento se escucharon voces.

-¡Mira, ahí están! - exclamó la reina, con un profundo tono de fastidio. El rey Minos y una mujer joven venían andando por un sendero, sonrientes, susurrando algo que les provocaba continuas sonrisas. Minos era un hombre de unos cincuenta años, de cara grande y cuadrada oculta tras una barba blanca de dos palmos de longitud. Estaba muy obeso y falto de forma física. Vestía una túnica de color añil, ribeteada en los puños y la falda con incrustaciones de algo brillante y amarillo que bien podía ser orfebrería de oro. La mujer llevaba un vestido muy parecido al de la reina, con varios collares de cuentas de cristal en la garganta.

-¡Grandísimo mal nacido! - gritó la reina, al verlos. Tanto el rey como la mujer se sobresaltaron visiblemente y la miraron con cara de espanto durante unos instantes. - ¡Tendrían que haceros matar a los dos! ¡Tú, por adúltero! ¡Y tú, por conspirar para destruir a la corte!

Pero el rey Minos se repuso enseguida y empezó a mirarla con desprecio, frunciendo el labio superior, casi oculto por completo detrás del bigote.

-¡No empieces otra vez y vete con tu harén de esclavas, a meterles la mano entre las piernas cuando te dé la gana! ¡Déjame en paz, maldita ingrata! - chilló, con una voz de un tono muy agudo que, si alguien no le viera la cara, juraría que pertenecía a un niño mimado y caprichoso. En ese momento vio a Mamen, que se levantaba del suelo, y recorrió su cara y su cuerpo con un gesto de lascivia, sin ocultarlo para nada.

-Vaya, ¿quién es esta dama? - preguntó, soltando la mano de la mujer que tenía al lado y avanzando hacia Mamen. Ella experimentó un sentimiento de asco inmediato hacia aquel hombre que recorría las formas de su cuerpo como si fuera mercancía expuesta en un mercado, pero de repente, un sonido de trompetas y tambores la sacó de su estupor. El sonido procedía del complejo de edificios del palacio. Había empezado el sacrificio en el templo.

-¡Oh, mierda! ¡Lo había olvidado! ¡Ya tendría que estar allí! - exclamó el rey, olvidándose de Mamen y echando a andar hacia el sendero por el que habían llegado ella y la reina. Esta aprovechó para devolver a Mnemósine a su madre, acercarse con grandes zancadas a la mujer que venía con el rey y empezar a golpearla en la cabeza, pero la mujer no se dejó avasallar y se defendió, dándole un empujón en la barriga que la tiró de espaldas al suelo.

-¡Se lo diré! ¡Le diré que me has pegado! - le chilló, furiosa, con los ojos entornados por el odio. -¡Te enviará a Ἔρεβος con los demás para que Thanatos te devore!

La reina no intentó levantarse ni replicar, solo empezó a llorar desconsoladamente. La mujer, al ver que había vencido, miró a Mamen sonriente y se alejó por el sendero caminando con altivez. Mamen vió como se alejaba bajo el sol arreglándose el pelo desordenado por los golpes de la reina, rodeada de mirlos de pico amarillo que escarbaban afanosamente entre la hierba, mientras analizaba lo que había escuchado. Al cabo de unos instantes fue a sentarse junto a Pasifae.

-¿Qué es lo que ha dicho esa mujer? ¿A quién envían a Ἔρεβος para que Thanatos les devore?- le preguntó, con el ceño fruncido.

La reina se estremeció antes de responder. Sus palabras salieron forzadas por el efecto de la Esfera, porque se le notaba que lo último en el mundo que deseaba era hablar de su marido:

-Desde que estuvo en esa gruta y escuchó la voz de Thanatos, ese cabrón del rey cree que άνατος quiere sacrificios. Dice que cada noche sueña con la muerte, que se acerca a su cama y que sus manos, sus piernas y su cabeza empiezan a separarse de su cuerpo, hasta que se despierta. Al principio llevaban corderos y cabras en barcas y los sacrificaban en la entrada de la gruta, pero Minos seguía recibiendo cada noche la visita de la muerte, así que ordenó que se aumentaran los sacrificios, esta vez vacas y toros bravos, pero eso tampoco fue suficiente, y empezó a ofrecerle a θάνατος esclavos de Κύθηρα, uno en cada estación…

-Ya, creo que sé lo que viene ahora: tampoco fue suficiente - intervino Mamen.

-Sí, ahora sí - musitó la reina. Ya no lloraba, incluso parecía experimentar un cierto placer al hablar sobre el asunto de la gruta de la muerte. -El cabrón ya no sueña, así que cada μὴν κατὰ θεόν, estaciones de luna completas, hacemos el ritual de purificación y adoración de θάνατος sacrificando a doce esclavos, además de los que compran las familias reales, aunque esos imbéciles, como mi "querida" suegra, envían a sus esclavos enfermos y viejos, pensando que θάνατος no se dará cuenta. Yo no hago eso, yo compro cada año la mejor esclava al comerciante Androgeo, porque pienso que a Thanathos les gustan más las mujeres, y nunca me ha visitado en sueños, así que sé que estoy en lo cierto.

A Mamen se le puso la piel de gallina al escuchar aquello. La reina hablaba de personas como si fueran cabezas de ganado. Así que el sacrificio de personas se había institucionalizado… Las familias de alcurnia de la corte de Creta también enviaban a personas para que fueran sacrificadas al Dios de la Muerte, solo porque el rey lo hacía, para no ser menos y hacer ver que eran personas respetuosas de las tradiciones.

-Quiero verlo, la ceremonia, los sacrificios, todo - dijo, aunque en realidad lo que deseaba era marcharse de allí inmediatamente, pero ahora las cosas habían cambiado mucho. Ya no iba en busca del legendario Minotauro, como antes, sino que sabía a ciencia cierta que dentro de una gruta marina de la isla de Creta se encontraba un Alien como el que se había encontrado ella bajo la Torre del Homenaje de la Alhambra y que, al acercarse un ser humano, emitía un Eco que absorbía a la desgraciada o al desgraciado y lo introducía en un agujero de gusano, una distorsión del tiempo que le trasladaba de lugar. En vista de aquel nuevo conocimiento, Mamen se preguntó cuánta gente a lo largo de la historia de la humanidad había sido atrapada por el Eco, y de qué manera esas viajeras y viajeros del Tiempo habían influido en el devenir de la evolución humana. Aunque había algo en aquella historia que le resultaba chocante. En ese caso concreto el rey Minos no había sido absorbido por el Eco, aunque sí había sentido, según le había contado su mujer Pasifae, que su cuerpo empezaba a dividirse en trozos, lo mismo que le había ocurrido a ella.

De repente, allí, junto a la reina Pasifae, en un jardín del palacio de Cnossos, Mamen recordó muy vivamente la terrible experiencia de su encuentro con un Alien. Tras meterse en un agujero bajo las ruinas de la Torre del Homenaje de la Alhambra, atraída de forma irremediable por el Ooooooummmm, el Eco que producía el ser extraterrestre, se había encontrado ante aquella Cosa.

Lo primero que había percibido al entrar en la cámara subterránea donde estaba el Alien había sido una visión, como una especie de flash, el fogonazo de una cámara. La imágen de ella misma, como un brutal deja vu, pero del que no era todavía consciente. Ella, Mamen, apareció fugazmente ante sus ojos vestida de forma muy extraña, con un cinturón en el que se sujetaban varias calaveras y brazos y piernas humanas sobre una falda de la que colgaban serpientes vivas, retorciéndose.

Aquello había provocado de gritara de horror, pero al instante había empezado a sentir que era arrastrada hacia algún lugar muy profundo y que su cuerpo entero empezaba a licuarse y a convertirse en líquido mientras todas sus percepciones, su mente, su cerebro y su alma, se desmaterializaban a escala atómica y formaban un tubo de luz por el que daban vueltas en espiral en dirección a un vórtice.

-¡Augggghhh….! - había gritado, frenética, y de pronto se hallaba sobre algo duro, un piso de tierra húmeda, junto a una esterilla repleta de frutos de cacao.

Ella no lo supo hasta más tarde, pero el Eco la había enviado a través de un agujero de gusano a Tenochtitlan, en los días de la extinción del imperio Azteca, previos a la entrada de Hernán Cortés y sus tropas en la fabulosa ciudad.

-Sí, te llevaré allí, donde los μάγοι celebran los rituales de purificación, amiga mía - confirmó la reina, levantándose. -Estarán todas las familias que darían lo que fuera para verme muerta y colocar a sus hijas en la cama del rey, si no han estado ya. ¡Palurdos campesinos! Ten cuidado con ellos, son muy peligrosos, pero sobre todo mantente alejada de Minos. Es un imbécil, pero es rey de todo lo que tiene a la vista y es peligroso, aprende muy rápido. Le gusta mucho provocar, y lo hará contigo, amiga mía, pero no correrá ningún riesgo hasta que esté totalmente convencido de que puede ganar. Creerás que está dispuesto a morir por tí y cuando se canse te escupirá como un sapo cuando se traga una araña venenosa.

Empezaron a caminar de regreso por el sendero mientras los sonidos de tambores y trompetas se hacían cada vez más intensos. Pasifae tenía que pasar por sus habitaciones para cambiarse de ropa.

-¿Te puedo hacer un regalo? - le dijo Mamen, delante de dos de las criadas que la ayudaban a desnudarse. Las chicas no podían creer que aquella mujer jóven le hablase a la reina de aquella forma, cuando ellas habían sido azotadas en más de una ocasión solo por un comentario desafortunado.

-¿Un regalo? ¡Pues claro, amiga mía!

Mamen se dio la vuelta y le pidió a la Esfera una corona de oro y piedras preciosas. Pasifae no se merecía nada de eso, pero a Mamen también le estaba haciendo efecto, de alguna manera, el deseo concedido por la Esfera para que la reina se convirtiera en su amiga íntima. Claro, Pasifae la trataba y aconsejaba con un total y absoluto desinterés y una sinceridad que jamás había otorgado a nadie, y eso se contagiaba. Por unos instantes, Mamen olvidó que aquella mujer era capaz de mandar azotar a una pobre chica de dieciséis años por estornudar en su presencia o de intrigar en la corte para que alguien pusiera unos gramos de cicuta en la comida de la última amante del rey. Era un ser despreciable, pero ahora era su amiga íntima, y era imposible sustraerse a sus efectos.

-No, dos. Una para ella y otra para mí. Tengo ganas de ser reina yo también.

Dos pesadas coronas aparecieron en sus manos. De oro macizo, tan brillantes que deslumbraban, con esmeraldas y rubíes incrustados. Al darse la vuelta con aquellas fabulosas joyas entre las manos, las criadas no pudieron evitar un grito de sorpresa, apagado inmediatamente.

-¡Por todos los dioses! ¿Pero de dónde has sacado algo tan precioso? - exclamó la reina, llevándose las manos a la cara, añadiendo enseguida, mirando hacia la Esfera, suspendida en una esquina del techo de la habitación: -Te lo concede esa cosa, ¿verdad? ¿Es un Dios? ¿Qué es?

Vaya, la reina era muy lista, pensó Mamen.

-Así es - dijo. -Es un regalo de la Diosa Γαîα.

-¿Puedo pedirle yo también regalos, amiga mía? - dijo la mujer, sonriendo.

-Puedes pedirle lo que quieras, pero no funcionará. Solo me obedece a mí - respondió Mamen, con una expresión de suficiencia.

Pasifae hizo un mohín con los labios, demostrando su desilusión, pero de repente su expresión cambió y dijo, mirando a Mamen de una forma muy intensa.

-A lo mejor, si mandase que te azotaran hasta que esa cosa me concediera un deseo, lo haría.

Escuchando aquellas palabras, Mamen despertó, por fin, de su ilusión, y volvió a percibir la realidad tal como era. Tanto la reina como el rey eran niños mimados y caprichosos, que no toleraban la frustración cuando algo se les negaba. Miró las dos coronas de oro que tenía en las manos y estuvo a punto de decirle a la Esfera que se las llevara, pero decidió que podía hacerlo más tarde, antes de irse de aquel lugar definitivamente.

-Antes de dejar que tus guardias me dieran un solo latigazo yo haría que la Esfera te destruyera, a tí y al rey y todo este palacio. Puedo hacerlo, Pasifae, te lo aseguro, puedo hacer cosas que ni siquiera imaginas.

Ahora Mamen estaba enfadadísima, a punto de perder el control, y ya sabía lo que ocurría cuando se encontraba en aquel trance.

-¡Date prisa y vámonos de aquí! ¡Quiero ver la ceremonia! - le gritó, pero ya era demasiado tarde. El solo hecho de imaginar el rayo en su mente hizo que sucediera. Un destello y el arma mortífera había surgido de la Esfera. El cuerpo de Pasifae se dobló en dos mientras la expresión de su rostro, de una extraña placidez, como si aquella mujer deseara morir lo antes posible para dejar de importunar al mundo, se fijaba de manera indeleble en la memoria de Mamen.

Las dos partes del cuerpo, las piernas por un lado y los brazos y la cabeza por otro, se agitaron en el suelo durante unos instantes hasta quedarse completamente inmóviles. No había sangre, excepto algunas salpicaduras, porque el rayo cauterizaba al instante la carne, los músculos y los huesos que hallaba en su camino, así que la escena parecía incruenta al principio, por eso las criadas se echaron a reír de manera involuntaria, pensando en algún tipo de truco teatral, como los que representaban las mejores compañías que pasaban por el palacio.

Pero al cabo de exactamente diez segundos una de las chicas empezó a emitir un hipido que pasó de un tono grave a uno de contralto en apenas tres notas.

-Hi… hi… hi!

-¡Oh, mierda! Lo he vuelto a hacer - dijo Mamen, con los ojos muy abiertos, mordiéndose los labios. -Está bien, está bien, voy a deshacerlo…

Empezó a desear que la reina volviera a su estado normal, pero recordó que en la ocasión anterior en aquel mismo palacio, pero doscientos más tarde, la comadrona a la que había cortado en dos y vuelto a unir se había quedado en estado de shock, y una mujer como la reina Pasifae que hubiera perdido la chaveta… no, no le convenía a la humanidad que aquello sucediera.

Mientras Mamen divagaba una de las criadas no pudo soportarlo más y salió huyendo. La otra, que estaba muy resfriada y que, con la impresión había dejado de sorberse los mocos y ahora un hilo de líquido se deslizaba por su barbilla hasta su pecho, estaba tan anonadada que no podía ni siquiera mover un dedo.

-Vale, vale, vale… tengo que pensar rápido. ¡Ya sé! ¡Haz… haz que yo me convierta en la reina! ¡Bueno, que siga siendo yo misma, pero con el cuerpo de la reina!

La criada lo vio todo. De repente Mamen tenía la misma cara y el cuerpo de Pasifae. Aquello fue demasiado para su mente, su cara se puso blanca como la cal de la pared y, retrocediendo dos pasos, cayó de espaldas, desmayada. Por suerte no aplasto el capazo de mimbre donde estaba durmiendo la pequeña Mnemósine. En ese mismo instante regresó la otra criada con cuatro soldados de la guardia, los mismos de antes. Se quedaron petrificados al ver la escena. El cuerpo de la reina dividido en dos mitades, en el suelo, pero la reina también estaba de pie, mirándoles con los ojos muy abiertos.

-¡Han sido los dioses! - gritó Mamen. -¡Los dioses caprichosos están jugando con los humanos! ¡Llevaos eso y tiradlo al mar, que se lo coman los peces! ¡Dos de vosotros, venid conmigo! Quiero ir a ver los sacrificios…

Los hoplitas dudaron solo un instante. Cuatro de ellos levantaron las dos mitades del cuerpo de la reina y se las llevaron. Los otros dos, uno de ellos el oficial, se cuadraron con un sonoro golpe de talón para indicar a la reina su disposición.

La criada desmayada, ayudada por la otra, estaba recobrando la conciencia.

-Bueno, vámonos - ordenó Mamen, satisfecha, recogiendo a Mnemósine del capazo. -Vosotros, id delante, por favor.

Ella no tenía ni idea de como moverse por el palacio de Cnossos y sus innumerables y estrechos pasillos, pero los guardias la llevaron de la forma más rápida y enseguida se hallaron en una sala que ella ya conocía.

Antes de entrar tuvo que taparse la nariz y la boca con la manga de su vestido, porque aquel lugar emanaba un horrible hedor, una mezcla de sudor y sangre recién coagulada.

En el interior solo había hombres. Junto a la estatuilla de madera policromada que representaba a Γαῖα ahora

habían colocado otra, que tenía la apariencia de un cuervo momificado, pero no con la postura natural de un ave, sino con las alas sujetas y desplegadas encima de la cabeza, queriendo representar la forma de T del Alien que se encontraba en la gruta y al que el hierarjes, que en aquel instante recitaba una ininteligible letanía, llamaba de forma pomposa y repetida La Muerte.

Bajo la estatua de La Muerte había diez corderos con la garganta cortada. Su sangre se extendía por el suelo hasta llegar a los pies de los asistentes. El rey Minos estaba allí. A su lado se situaban cuatro hombres más, vestidos con armaduras de gala que, igual que el rey, mantenían los pies dentro del charco de sangre.

En el preciso momento en que Mamen entraba en la sala todo empezó a temblar.

-¡Oh, no, un terremoto! - gritó ella, que nunca había sufrido uno. Sus gritos se solaparon con el rumor de las paredes crujiendo y los salmos del hierarjes, que elevó su tono. La pesada viga de madera que soportaba el peso del techo se deslizó hacia un punto muerto y la sala empezó a derrumbarse con un horrible estrépito.

-¡Sácame de aquí! - gritó Mamen, llevándose una mano a la cabeza, encorvándose para proteger a Mnemósine de las piedras que le caían encima.

De repente ella y la niña estaban en la plaza de los silos de grano, en medio de una multitud vociferante. Todo el mundo corría de un lugar a otro con los rostros desencajados, pero el terremoto se acabó en aquel instante y dejó paso a una polvareda que empezó a elevarse del suelo para caer después sobre la multitud. Durante un momento el silencio se adueñó de los cientos de compradores y vendedores que habían acudido a aquel día de mercado y celebración de los sacrificios anuales pero, de pronto, como si se tratara de una acotación teatral, un griterío se elevó desde las gargantas como un solo ente, ascendió tres o cuatro decibelios y luego volvió a caer.

Mamen también gritó, y le fue muy bien para liberarse de los nervios. ¡Vaya experiencia horrible, la de un terremoto! Ahora entendía las razones por las que el fabuloso palacio de Cnossos acabó por ser abandonado. En aquel lugar del Mediterráneo repleto de fallas tectónicas que agitaban la tierra cada cierto periodo de tiempo no se podía vivir, a pesar de que las mujeres y hombres cretenses lo intentarían durante doscientos años más, pero al final se rendirían y todo el mundo dejaría ese lugar que parecía maldecido por los dioses. ¡Qué sabían en aquel tiempo de los movimientos de las placas tectónicas!

En un instante, la multitud dejó de gritar y todo el mundo empezó a recoger sus pertenencias desparramadas por el suelo, y buscar a amigos y conocidos que se habían perdido de vista durante el tumulto. Mamen se dio cuenta de que estaban relativamente acostumbrados a los terremotos y que asociaban todos los fenómenos de la naturaleza, benignos y malignos, a la voluntad de los dioses, algo contra lo que los mortales no podían luchar, sino aceptarlo con resignación. Sin embargo, también percibió que algo había cambiado. Una mujer que estaba junto a ella empezó a gritar en ese momento:

-¡ἱεράρχης, sacrifícalos! ¡Calma a La Muerte!

Otra mujer se unió, y luego un hombre, y los gritos se extendieron por toda la plaza.

-¡ἱεράρχης, sacrifícalos! ¡Calma a La Muerte!

La primera mujer que había gritado, y que llevaba un lechón muerto y abierto en canal en un cesto de palmito sobre el que revoloteaba una nube de moscas, reconoció en aquel momento la cara y las ropas de la reina Pasifae.

-¡La reina! ¡La reina está aquí! - empezó a gritar, arrodillándose. Varias personas con las caras y el pelo blanco debido al polvo en suspensión se acercaron e imitaron a la mujer, y después de ellas muchas más. Mamen se vio acorralada, en el centro de un círculo que se iba estrechando a medida que más gente se enteraba de su presencia.

-¡Oh, Dios! ¡Lo que faltaba! - De repente tenía la impresión de que aquella multitud acabaría por saltar sobre ella y despedazarla. Le entró un pánico atroz.

-¡La burbuja! ¡Ponme la burbuja!

La invisible capa protectora llegó en el momento justo, porque alguien empujó a la mujer del cesto con el lechón y esta cayó sobre ella. Se estaba formando una avalancha. Mamen se sentó en el suelo y esperó a que las cosas se calmaran. Mnemósine empezó a llorar. Tenía el pañal sucio y también debía estar muerta de hambre. Su madre ordenó a la Esfera que la cambiara y después que la limpiara a ella misma, porque estaba cubierta por completo de polvo. A continuación se destapó el pecho izquierdo y dio de mamar a la bebé. A su alrededor todo era un caos, sobre la mujer del cesto habían caído más personas. Alguien tiró de una pata del lechón y este desapareció entre el maremagnum de cuerpos que pugnaban para zafarse de la avalancha. Mamen, ajena a todo, solo miraba a Mnemósine, su precioso bebé, que chupaba con cara de deleite.

Mientras la situación en la explanada iba calmándose poco a poco, desde el palacio empezaban a salir personas heridas.

El peor parado había sido el hierarjes, al que una viga caída le había aplastado una pierna, transformada en un amasijo de carne de la rodilla para abajo. El hombre, de unos cincuenta años y una larga barba blanca, murió en pocos minutos, desangrado. Criadas, cocineras, limpiadoras, todo el mundo salía renqueante al exterior desde los múltiples accesos, como si se tratara de hormigas que huyen de su nido destruido por un oso. No era la primera vez que había un terremoto, y la sabiduría popular decía que siempre venía otro detrás, a veces más de uno, así que salir lo antes posible a un lugar donde no pudiera caerte nada encima de la cabeza era fundamental. Algunas personas estaban ensangrentadas, otras solo con un shock postraumático, todas cubiertas de un polvo blanco procedente del estuco de la paredes que se había desintegrado con los derrumbes.

Mamen seguía sentada en el suelo entre un caos

humano, pero no le afectaba. Cuando Mnemósine terminó de mamar se la puso sobre el hombro izquierdo hasta que eructó, y después jugó con ella unos instantes, aunque poco a poco empezó a quedarse dormida. Claro, ahora estaban de nuevo las dos dentro de la comodidad de la burbuja. Ni frío, ni calor, la temperatura ideal; la protección, sobre todo, sentirse completamente segura, sin nada, ni nadie, que pudiera tocarlas. Mamen se sintió agotada de repente. No recordaba el tiempo que llevaba sin dormir profundamente. Durante unos instantes sopesó la idea de pedirle a la Esfera que las llevara al campo, a un lugar más tranquilo, pero era tal su grado de cansancio que ni siquiera le molestaba el griterío de la gente, que sí penetraba en la burbuja. Fue cerrando los ojos, de manera inconsciente, mientras se tumbaba de lado y se quedaba dormida.

Al cabo de unos instantes un grupo de guardias se abrió paso a bastonazos hasta el lugar donde se encontraban Mamen y Mnemósine. Tras ellos venía el rey Midas, que llevaba el cuero cabelludo emplastado de polvo y sangre seca. Le habían dicho que su mujer estaba durmiendo en la explanada de los silos de grano.

Cuando el lugar fue despejado el rey se acercó con el

ceño fruncido.

-¡Pasifae! ¡Mujer! ¡Reina de Creta! ¡Despierta! - gritó. -
¿Esto es digno de ti? ¿Dejar que todos te vean, ahí, en el
suelo?

Pero Mamen no le escuchaba. Más dormida de lo que
había estado nunca. Lo único que hizo fue cambiar de
postura, dándose la vuelta. En cambio la niña no dormía,
sino que miraba el extraño bulto del rey Midas y su larga
barba, que a ella le parecía una bonita guirnalda de payaso.

El rey, furioso, se acercó e intentó dar una patada al
cuerpo de la reina, pero su pie chocó contra la burbuja y fue
rechazado hacia atrás, cayendo de espaldas.

-¡Esto es una mierda! - chilló, levantándose de nuevo-
¡Llevadla al palacio! ¡Vamos!

Los guardias, temerosos después de haber visto aquello,
se acercaron, pero enseguida toparon con la invisible pared
de la burbuja. Algunos tomaron carrerilla, pero lo único que
ocurrió es que el cuerpo de Mamen se movió ligeramente, sin
que ella se despertara, y los hombres cayeron al suelo entre
las burlas de los que miraban.

-¡Es un conjuro de los dioses, majestad! - gritó el oficial
de más rango, doblando la rodilla ante el rey. Ser una persona
temerosa de los actos de los dioses no era algo de lo que un

soldado tuviera que avergonzarse.

Los demás componentes de la guardia también se arrodillaron para justificar su impotencia.

El rey Midas observaba los dos cuerpos del suelo con una expresión reconcentrada y bobalicona.

-¡Sí! - exclamó de repente. -¡Los dioses han bajado para ayudarnos! ¡La reina Pasifae ahora es una divinidad! ¡Gritad todos! ¡Pasifae, divinidad! ¡Pasifae, divinidad!

Los guardias empezaron a corear el nombre de la reina. Enseguida les imitaron los que formaban un círculo en torno a la escena, y el clamor se extendió por toda la explanada.

Mamen se despertó debido a aquel griterío ensordecedor. Mnemósine se puso a llorar mientras pataleaba en el aire.

-¡Joder! ¿Pero qué pasa ahora? ¡Sssshhh! No, no llores, cariño. Nadie te puede hacer nada aquí dentro. ¡Qué se calle todo el mundo, joder!

La Esfera cumplió su deseo. El silencio invadió de repente la explanada. Las mujeres y los hombres se miraron, estupefactos. Querían hablar y gritar, pero no podían.

Mamen se incorporó, quedando sentada en el suelo.

-¡Ah, eres tú! - dijo, con un tono de irritación, al ver al rey Midas. -¿Hay alguna manera de poder dormir en este jodido lugar? ¡Estaba muy bien ahora! ¿Sabes? ¡Vale, venga, vamos a ver los malditos sacrificios!

Se levantó y, tomando a la bebé del suelo, se acercó al rey, que la miraba lívido y con cara de terror. Ya se había dado cuenta de que, a pesar de tener el mismo aspecto, ella no era la reina Pasifae.

-¿No eres tú aquella muchacha? - balbuceó, después de que Mamen le ordenara a la Esfera que permitiera hablar de nuevo a la gente. -¿Aquella que estaba en el jardín? Tienes el mismo aspecto que mi esposa, pero no eres ella. ¿Dónde está, Diosa de los caprichos? ¿Qué has hecho con la reina?

-¡Tu mujer ya no existe! - respondió Mamen, que cada vez estaba más enfadada. Lo que más rabia le daba era que aquel hombre era tan estúpido que ni siquiera se sentía amedentrado por ella. -¡La he cortado en dos! ¡Ha muerto! ¡Y si me da la gana haré lo mismo contigo, así que ten cuidado!

Midas permanecía callado, intentando recuperar el aplomo. Mamen empezaba a intuir lo que sucedería a continuación, la incapacidad de aplacar su enfado, la imagen mental del rayo que parte a la gente en dos mitades… y a continuación… el rey Midas dividido en dos.

-¡Cálmate, Divinidad! - gritó de pronto el rey. -¡Estás en tu casa, entre amigos! ¡Dime lo que deseas y nosotros lo haremos! ¡Sacrificaremos en tu honor, celebraremos una gran fiesta por tu llegada!

Aquella cháchara distrajo a Mamen de su estallido de furia. Muy despacio, fue calmándose.

-¿Cuántos muertos ha habido? - preguntó, dándose cuenta de que estaban hablando de ella cuando la explanada estaba llena de cuerpos ensangrentados, junto a los que había gente gritando, desesperada.

Midas tardó unos segundos en volverse a mirar con aire distraído hacia el amontonamiento de heridos. Era evidente que no le importaban en absoluto.

-Más que la última vez… Pero vamos, divinidad, ven conmigo al palacio. La sala del trono no ha sido destruida. Comeremos y beberemos, y…

-¡Cállate, estúpido! - gritó Mamen, que empezaba a estar muy cansada de aquel patán. Echó a andar y se situó en medio del maremágnum de heridos que gritaban de dolor. Presentaban heridas horribles, amputaciones y aplastamiento de extremidades. Dejó a Mnemósine en el suelo y abrió los brazos. Quería ayudar a aquella gente, pero también le apetecía que se reconociera su esfuerzo. No había nada malo en ello.

-¡Voy a ayudaros! ¡Curaré vuestras heridas! ¡No os

asustéis por mi poder!

Como siempre, la Esfera actuaba tan rápido que trascendía la percepción humana, de forma que parecía que no había sucedido nada. Mamen continuó con los brazos abiertos, pensando, durante unos segundos, que había perdido su poder.

Pero, de repente, empezó el griterío.

-¡Ya no me duele!

-¡Estoy bien!

-¡Mi pierna! ¡Tengo mi pierna!

-¡La mano de mi hija se ha curado!

Los cortes en la piel se habían cerrado, los miembros amputados habían crecido de nuevo y la carne aplastada volvía a tener su forma original.

Un hombre se levantó, golpeándose la rodilla con el puño, sin creerse que el muñón desgarrado que tenía antes fuera ahora piel y carne nueva, aunque se desmayó al instante, porque la nueva extremidad requería mucha sangre para rellenar las venas, y su cuerpo no la tenía aún.

Una madre levantó el cuerpo de su hija en brazos. Una viga le había aplastado medio cráneo a la niña, pero ahora tenía su forma original, aunque ella no conseguía abrir todavía el ojo derecho.

Y así, uno tras otro. Decenas de personas alzaron su voz en un clamor de agradecimiento hacia Mamen, a la que ya no identificaban con la reina Pasifae, sino con Δημήτηρ, Démeter, la Diosa Madre,

-¡Gracias, Δημήτηρ! ¡Gracias!

Se echaban al suelo polvoriento y la adoraban con los brazos estirados y la cara contra la sangre seca.

Mamen bajó los brazos y empezó a llorar de la emoción. Estuvo así unos instantes, hasta que la voz del rey Midas la sacó de su ensimismamiento.

-¡Δημήτηρ! ¡Gracias por ayudar a mi gente! ¡Perdóname por no haber sabido que tú, que has sido mi mujer durante tanto tiempo, eres la Diosa Madre! ¡He sido un ignorante! ¡Quédate en Cnossos, Δημήτηρ! ¡Ayúdanos a expulsar a Γαῖα, que odia a los mortales y quiere destruirnos, como ha hecho hoy, pero tú estás ahora con nosotros para que no nos haga más daño!

Mamen estaba muy cansada en aquellos momentos, física y emocionalmente. Le ocurría algo que ya le había pasado otras veces. Después de usar el poder de la Esfera para matar a alguien, dividirlo en dos mitades con el rayo mortífero o, como en aquella ocasión, para curar las terribles heridas de cientos de personas, se sentía mal, sucia. Era algo muy extraño, como si hubiera traicionado su condición de humana para intentar ser algo para lo que no había sido creada. Así que necesitaba sentirse otra vez una persona y olvidar por unos instantes su desbordante poder.

-Está bien... Sí, llévame a la sala del trono donde pueda descansar, comer y beber. Necesito un momento para… ser yo misma…

Midas sonrió y, frotándose las manos, ordenó a la guardia que abriera un pasillo. Los rudos hoplitas empezaron a apartar a la gente arrodillada a patadas, pero Mamen les gritó:

-¡Basta! ¡Al que vuelva a pegar a alguien le mato!

Los soldados se quedaron rígidos, sin saber qué hacer. Mamen empezó a caminar hacia la parte izquierda del palacio, que parecía haber salido indemne del terremoto, quizás por estar construida con materiales más flexibles, porque en los últimos años se habían dado cuenta de que las columnas de madera soportaban mejor los temblores que las de piedra.

Caminando en zig-zag para no pisar a los que la adoraban, entró en el palacio y esperó a Midas y a su séquito para que le indicaran a dónde ir.

Después de un complicado recorrido por laberínticos pasillos llenos de grietas en las paredes llegaron a la sala de los delfines, que ella ya conocía.

-¡Ah, me quedo aquí! Me gusta mucho este lugar. Ahora dejadme sola. Te mandaré llamar, Midas, cuando esté lista. Quiero que me lleves a ver a άνατος.

El rey dio un respingo cuando escuchó el nombre de Thánatos.

-¿Qué? ¿Por qué quieres ver a άνατος, Diosa Madre?

Mamen se acercó a él y le miró fijamente a los ojos. Había un resquicio de terror en el fondo de ellos. Ver a un Alien era algo que provocaba un desajuste mental en cualquier persona. Durante unos instantes se preguntó si ella misma, o Toni, no se habían vuelto locos de remate después de encontrarse con uno de aquellos seres en forma de letra T.

-No puedo decirte porqué, ni yo misma lo sé. Vine a Cnossos para otra cosa, pero ahora me he encontrado con que άνατος está aquí, en una cueva de Creta, y no puedo irme sin verla.

-Yo la ví, Diosa Madre, yo ví a άνατος, la Muerte, en aquel lugar, y no deseo a ningún otro mortal que vea lo mismo que yo.

-¿Sentiste que te alargabas, como si alguien te estirara de los brazos y de los pies? ¿Y oíste un *mmmmmmm*, que se te metía dentro y que parecía llenarte hasta estar a punto de reventar?

Midas abrió los ojos con expresión de pavor, mientras se llevaba las manos a la boca.

-¡Sí! ¡Sí! ¡Eso es lo que ví! ¡Todo eso! ¡Tú eres la única que lo sabes, Diosa Madre!

Mamen se echó a reír. Tenía ganas de jugar un rato con aquel patán vanidoso.

-¿Y eso te dio miedo? ¿Sabes quién es en realidad ἀνατος? Viene de allí arriba… - levantó una mano y señaló el cieloraso de la habitación con el dedo índice, intentando indicar el firmamento, pero enseguida se dio cuenta de que Midas, ni nadie en aquella época, tenía una idea de lo que era el espacio, ni de su inmensidad. De repente se le ocurrió una especie de travesura.

-¡Llévanos al espacio! ¡A un lugar donde podamos ver el planeta Tierra y una parte de la Vía Láctea!

De repente estaban flotando en el vacío, cerca de Saturno y sus impresionantes anillos. Delante de ellos estaba la azulada esfera de la Tierra y un poco más allá, el disco solar, lanzando llamaradas de material nuclear.

Sonriente, Mamen se volvió hacia Midas, pero su cara cambió de súbito.

-¡Oh, mierda! ¡Pónle una burbuja como la mía!

El rey estaba lívido, a punto de morir por la falta de oxígeno, pero sobre todo, por el shock traumático.

Al aparecer la invisible burbuja protectora y crear una atmósfera Midas volvió a respirar, aunque empezó a gritar de terror, mirando hacia todas partes con ojos de loco.

-¡Joder, creo que no tenía que haber hecho esto! - lamentó Mamen. -¡Llévanos otra vez al palacio de Cnossos!

Aparecieron en la sala de los delfines.

-¡Quítale la burbuja! - ordenó Mamen.

El rey cayó de rodillas, llorando y vomitando. Los hoplitas de la guardia situados en la entrada de la sala les habían visto desaparecer y aparecer de nuevo a los dos y no se atrevían a entrar, ni siquiera para ayudar al rey.

-Lo que has visto, Midas, es el lugar de donde viene ὰνατος, la Muerte - dijo Mamen, con un tono solemne.

Pero el rey no la escuchaba. Ahora se había dejado caer sobre el pavimento, encima del charco de su propio vómito, y recitaba una letanía incomprensible.

-Se ha vuelto loco de remate… - dijo Mamen, para sí misma. Estaba claro que se había pasado. - ¿Y ahora qué hago? ¡Lleváoslo de aquí, por favor!

Los hoplitas entraron, temerosos, y recogieron el cuerpo de Midas.

-Limpia el suelo y ponme una cama… doble, una cama doble.

En cuanto apareció la cama puso a la bebé encima y ella se tumbó a su lado.

-Vamos a estar un rato juntas, tú y yo, a solas… bueno, espera cariño. No tengo la cara de la mamá que tú conoces, ¿verdad? ¡Devuélveme mi aspecto de siempre!

Mnemósine parpadeó unas cuantas veces cuando la cara de Pasifae se convirtió en la de Mamen. Ella la besuqueó durante un rato mientras la olía. Amaba el olor de su bebé, ese aroma almizclado y dulce a la vez. Era como una droga, un elixir mágico.

-¿Qué raro es todo esto, eh, cariño mío? - le susurró. También le encantaba hablarle como si fuera capaz de entenderla. - Estamos aquí, tú y yo, a miles de años de casa, en un lugar extraño… pero tampoco estamos tan mal, ¿a qué no? Nos queremos, somos una sola persona, siempre nos apoyaremos la una a la otra. ¿Tienes ganas de ver a tu papá? Sí, iremos a verle, te lo prometo, pero ahora descansaremos un par de horas. Nadie nos molestará. Bueno, he dicho a ver a tu papá, aunque Toni no es tu papá, pero como si lo fuera. ¿Sabes cómo se llamaba tu papá de verdad? Julio… Sí, Julio. Suena bien ¿eh? Es bonito. Nos quisimos mucho, tu papá y yo, pero él se murió, cariño, y no pudo conocerte…

Empezó a llorar desconsolada, con la mejilla pegada a la cabecita de su hija.

-Le echo de menos ¿sabes? ¡Echo de menos a tanta gente!

De repente abrió los ojos, que mantenía cerrados, porque le acababa de venir una idea a la cabeza.

-Joder, tengo la Esfera… Puedo… puedo… volver a ver todo el mundo, a Julio, a Isabel, a Joan, a mi madre, a mis amigos…

Pero no… era… era descabellado. ¿Resucitarlos? ¿De verdad estaba pensando en resucitar a la gente que había muerto?

-¡No! ¡No! ¡No!

De un manotazo apartó la idea de su mente, aunque volvía, claro que volvía.

Podía ver de nuevo a Julio, y a Joan. Sobre todo echaba de menos a su hermano Joan, muerto en un accidente de tráfico hacía… ¿Cuánto? ¿Cinco años? Ni siquiera se acordaba, y eso que ella iba en el coche, aunque había salido indemne.

-Podría ir allí y volver a verle, aunque solo fuera un instante… Hablar con él, darle un beso…

Sí, pero, ¿y después? ¿Cómo se despediría? Si ordenaba a la Esfera que la llevase en el Tiempo a un momento antes del accidente y después de ver a Joan tenía que irse de nuevo, eso significaba que le dejaba allí PARA QUE TUVIERA EL ACCIDENTE Y SE MATARA. Dios, eso era muy cruel y no podría hacerlo. Marcharse, sabiendo lo que ocurriría aquel fatídico día de Nochevieja en el que, después de cenar, a alguien, puede que a ella misma, se le había ocurrido la idea de ir a la fiesta de Fin de Año de la discoteca Tito 's, en Palma. En el interior del túnel del Coll Joan no lograría tomar una curva a demasiada velocidad y el coche daría cinco vueltas de campana. Joan duraría varias semanas en el hospital, conectado a una máquina que metía aire en su cuerpo destrozado.

-No tengo derecho a esto, cariño mío… - le susurró a Mnemósine, llorando a lágrima viva. - Ni tengo derecho a no salvarles, pero tampoco pueden vivir para siempre…

Durante unos instantes reflexionó sobre el Tiempo y las consecuencias de su alteración. Eso la ayudó a serenarse.

-Podría ir al momento antes de subir al coche y, hacer

que se averiase, por ejemplo, pero entonces Joan no moriría y, a lo mejor, yo no conocería a Toni, y no estaría con él cuando llegasen las Luces Brillantes… Ah, vale, ya lo entiendo. ¿Sabes qué ocurre, Mnemósine? Que hay universos paralelos, o sea, multi universos, o multiversos, como quiera que se le llame. Todo lo que hacemos crea una nueva realidad, supongo. Así que, ahora mismo, tú y yo estamos formando una nueva historia en este lugar. Un universo continúa sin nosotras y otro con nosotras. Si voy hacia adelante o hacia atrás en el Tiempo estoy creando nuevos universos, así que no pasa nada por hacerlo.

Se calló y reflexionó unos instantes sobre lo que había dicho. Sí, la teoría no parecía nada descabellada. Y, como ejemplo, se le ocurrió, podía tomarse el mito del rey Midas. Según Aristóteles, Dioniso le había otorgado a Midas el poder de convertir en oro todo cuanto tocara, pero el rey, viendo que no podía comer los alimentos ni tocar a las personas que quedaban transformadas en ese metal, pidió a Dioniso que le liberara de su don. Este le dijo que se lavase en el río Pactolo. Cuando lo hizo, el río se volvió del color del oro.

Ese fascinante mito había quedado en la Historia para siempre, pero Mamen no tenía ninguna intención de concederle al rey Midas ese deseo, y la única persona capaz de hacer que las cosas se convirtieran en oro era ella misma, con el poder de la Esfera. Entonces, si ella no lo hacía, pero el mito había llegado hasta su tiempo, ¿quién lo había hecho?

-La única explicación - le dijo a Mnemósine. -Es que yo le concedí el deseo de convertir las cosas en oro por algún motivo que desconozco, y cuando lo hice se creó un nuevo Universo con ese mito incorporado… No, espera, si yo conozco ese mito es porque ocurrió en el Universo que después llegó hasta mí, en el siglo veintiuno, así que tengo que haberlo hecho yo, en esta realidad en la que estamos ahora… ¡Diós mío, vaya jeroglífico!

Se estaba mareando de tanto pensar. Intentó con todas sus fuerzas apartar cualquier pensamiento de su mente y dejarla en blanco.

-La verdad es que echo mucho de menos a Toni - admitió, al cabo de unos instantes de infructuosa búsqueda de calma mental. - Y a nuestra casa en el Olimpo, allí arriba, en las nubes… Mnemósine, ahora mamá va a irse a un sitio en el que tú no puedes venir, porque hay un monstruo que puede hacerte daño, así que te quedarás con alguien que te cuidará muy bien…

No podía ir a ver al Alien con la niña en brazos, era

evidente, porque todo era muy imprevisible, y para nada del mundo quería comprometer la seguridad de su hija.

Se levantó de la cama y se acercó a la entrada de la sala.

-¡Llamad a las criadas de la reina! ¡Qué vengan enseguida!

Los cuatro hombres de la guardia se sobresaltaron de tal manera al escuchar su voz que a uno se le cayó la lanza, formando un gran estruendo.

Al cabo de unos instantes en los que Mamen aprovechó para dar de mamar a la bebé, apareció una de las criadas, la que estaba resfriada.

-Soy Κίρκη, esclava de su divinidad - dijo, haciendo una reverencia desde el dintel.

-Ah, Κίρκη, me alegro mucho de verte de nuevo - la saludó Mamen, sinceramente. Le caía muy bien aquella chica. -Ven, entra. No te preocupes, cariño, ya no eres esclava de nadie, yo me encargaré de eso. Necesito que cuides a mi hija durante el tiempo que yo estaré fuera. Te pagaré por ello, porque acabo de decirte que ya no eres esclava, así que no tienes que trabajar gratis para nadie. Dime, ¿qué te gustaría tener? Pídeme lo que sea.

La chica temblaba de pies a cabeza. Tuvo que aclararse varias veces la garganta antes de pronunciar una frase inteligible.

-Divinidad… Me… me gustaría tener mucho oro… que… que todo lo que yo quiera se convierta en oro…

Mamen se quedó boquiabierta al escuchar aquellas palabras.

¡Así que era ella, Κίρκη, la criada de la reina Pasifae, la que había disfrutado del don de convertir en oro todo lo que tocara, y no el rey Midas!

Claro, ahora lo entendía. La mitología era trasladada a la cultura popular por hombres y, como perpetuadores de la tradición machista que había mantenido a la mujer en segundo plano durante miles de años, el protagonismo siempre estaba en manos de la masculinidad. Simplemente se había sustituido a Κίρκη por Midas, y todo el mundo había aceptado que era así en realidad, porque si alguien era todopoderoso, tenía que ser un hombre, nunca una mujer.

-De acuerdo - respondió, muy contenta por aquel descubrimiento, aunque el final no fuese muy agradable para Κίρκη. -Pero te lo concederé al regresar, porque no quiero que conviertas en oro a mi bebé…

La chica intentó tomar a la bebé en brazos, pero la burbuja se lo impidió.

-Espera - dijo Mamen, mientras le ordenaba a la Esfera

que quitase la protección a Mnemósine, porque si ella no volvía por algún motivo la niña no podría ser alimentada y moriría de hambre.

-Aunque a lo mejor es inmortal, como yo… ¡Bueno, da igual! - exclamó, mientras la temblorosa Κίρκη tomaba a Mnemósine y empezaba a hacerle carantoñas.

-En el palacio hay dos mujeres que tienen leche, Divinidad - dijo, solícita. -Las mandaré a buscar.

-Gracias, cariño - respondió Mamen, mientras se acercaba a la puerta y llamaba a los guardias. -Llevadme al lugar donde se están haciendo los preparativos para los sacrificios.

De nuevo recorrieron un laberinto de pasillos atestados de gente recogiendo cascotes. Al haber curado Mamen a los heridos todo el mundo se afanaba en la reconstrucción. Por fin salieron a una plaza, aunque no era la explanada de los silos de trigo, sino una más pequeña y adornada con esculturas de madera con forma de letra T, que representaban, evidentemente, al alien de la gruta marina.

En cuanto ella entró en la plaza empezó un concierto de tambores y trompetas. Los instrumentos sonaban sin ningún tipo de melodía, al menos Mamen no la percibía, sino formando un estruendo, solo para avisar a todo el mundo que empezaba la ceremonia sagrada.

La guardia condujo a Mamen a una tarima adornada con telas de un brillante color amarillo. Al haber muerto el hierarjes le sustituía un sacerdote jóven, vestido con su misma túnica manchada de sangre y polvo.

Lo que más sorprendió a Mamen fueron los candidatos a ser ofrecidos en sacrificio a Thanatos, seis hombres y seis mujeres, todos muy jóvenes, de entre doce y dieciocho años. No estaban en absoluto asustados, sino que incluso reían y hablaban entre ellos como si estuvieran esperando para entrar en clase en un día de colegio, aunque pronto descubrió la causa: les daban un brebaje de jugo de nasturcio con abrótano. Y no solo aquellas pobres chicas y chicos lo bebían, los sacerdotes también daba buena cuenta del caldero que removía una anciana desdentada y que tenía continuamente entre los labios una raíz de mandrágora.

-¿Y el rey? ¿No está el rey Midas? - preguntó Mamen, al jefe de la guardia.

-Se ha encerrado en su dormitorio, divinidad, y no para de golpearse la cabeza contra las paredes y de dar gritos… - respondió el asustado hoplita.

Mamen frunció los labios en señal de preocupación. Había vuelto loco a aquel hombre, y eso no le gustaba demasiado, pero siempre era mejor que partirle en dos con el rayo de la Esfera.

-Bueno, ya está hecho y no hay vuelta atrás, porque pedirle a la Esfera que alguien vuelva a estar cuerdo… No sé cómo hacerlo, la verdad - murmuró, para sus adentros, mientras el oficial la escuchaba con curiosidad.

El nuevo hierarjes se adelantó unos pasos, levantó la mano para que los instrumentos dejasen de sonar y empezó una retahíla que a Mamen le pareció interminable, porque notaba a todo el público allí congregado mirándola, unas quinientas personas, y no estaba acostumbrada a aquella desmedida curiosidad. Además, el discurso del hierarjes, que había dejado de escuchar hacía mucho tiempo, estaba enteramente dirigido a ella: la divinidad por aquí, la divinidad que nos ha curado las heridas por allá… El jóven, ascendido por sorpresa a causa del terremoto, había tomado el camino fácil en su discurso, centrándolo por completo en ella, lo que el pueblo, en definitiva, deseaba escuchar.

Al fin terminó su discurso el sacerdote y la masa humana empezó un movimiento hacia la salida más al sur de la plaza, pero nadie se atrevía a adelantar a Mamen, así que ella tuvo que intuir hacia dónde tenía que ir para encabezar la comitiva. Se suponía que era una Diosa, estaba obligada a saberlo.

Durante los primeros quinientos metros recorrieron un camino empedrado, flanqueado de chozas construidas en madera y adobe, entre un griterío de niños y balido de cabras y ovejas, que después se convirtió en un sendero pedregoso que atravesaba una extensión de maquia mediterránea, llena de frondosos alcornoques y afilados acebuches. Mientras tanto los músicos atronaban sus instrumentos y la gente cantaba loas a la Gran Madre. De vez en cuando alguien superaba su temor e intentaba tocar a Mamen, aunque nunca lo lograban porque la burbuja se lo impedía. Entonces esa persona, fascinada por haber experimentado aquella invisible protección que separaba a la Diosa del resto de los mortales, se lanzaba al suelo, sobre el polvo, y recitaba cánticos y oraciones que los demás repetían al pasar a su lado.

Al cabo de media hora de camino el sendero empezó a descender en zigzag sorteando gigantescos troncos de pinos milenarios. Al llegar abajo y abrirse el paisaje la comitiva se encontró en una cala pedregosa en la que se había construido un muelle de madera y en la que había cuatro barcas de remos.. En ese momento ocurrió algo imprevisto. Al parecer la anciana que masticaba raíz de mandrágora no había calculado bien la cantidad de brebaje que iba a necesitar o quizás los sacerdotes habían tomado más de la cuenta, pero el caldero estaba vacío y a algunos de los jóvenes se les estaba pasando el efecto euforizante y empezaban a ponerse histéricos. Una chica de unos dieciséis años, con una corona de olivo en un precioso pelo rubio, se puso a gritar que no quería ver a la Muerte y salió corriendo hacia el pinar sin que nadie pudiera impedirlo. Dos sacerdotes corrieron tras ella mientras los demás se encargaban de maniatar al resto. Todos empezaron a gritar en ese momento, viendo que se acercaba el instante de su sacrificio. Los asistentes que habían acompañado a la comitiva ayudaron a los sacerdotes a embarcar a empujones a los jóvenes. La chica ya había sido capturada y la traían con las manos atadas a la espalda, llena de cortes en la cara por su carrera entre la maleza, llorando, suplicando que no la llevaran ante ἀνατος.

Antes de embarcar el hierarjes cantó una letanía y después dio paso a las peticiones que algunos nobles de Creta le enviaban para Thanatos, que curara a un hijo enfermo, que mandara lluvias para los pastos del ganado y que la tierra dejara de temblar, eso lo pedían todos.

Las primeras tres barcas salieron con los jóvenes, que ahora gritaban al unísono y tenían que ser sujetados con todas sus fuerzas por los sacerdotes para que no se lanzaran al agua.

Mamen subió a la última barca junto al hierarjes y los cinco sacerdotes que quedaban. La Esfera se situó encima de la barca, sobre la cabeza de Mamen, y los hombres la miraban temerosos. Uno de ellos dejó una pesada bolsa de cuero en el suelo llena de objetos metálicos que tintineaban con estruendo.

Los remeros tomaron rumbo sur y fueron bordeando la escarpada costa durante un tiempo que a ella se le hizo interminable. De vez en cuando se formaban tumultos en las otras barcas que, ahora que no había público observando, eran sofocados a golpes y patadas por los sacerdotes.

De pronto Mamen empezó a escuchar un rumor.

-¿Lo oís? - dijo, en un tono involuntariamente alto, mirando al hierarjes, pero el hombre le devolvió una mirada inexpresiva. Se trataba de un ruido apenas perceptible sobre el chapoteo del agua y la respiración agitada de los remeros, pero ella sabía que no era algo natural y que pertenecía al Alien.

En aquella parte de la costa los acantilados formaban un paisaje sobrecogedor. Gigantescos peñascos se deslizaban hacia el agua quedando atrapados en una telaraña de raíces de pino cuyos troncos retorcidos crecían sin ninguna tierra a la vista, estragados por la salinidad del mar. Era una lucha de titanes, roca y agua.

Mamen recorría aquel caos con la mirada frenética, buscando la gruta. De repente un remero que ya había estado allí antes dio un grito que dejó a todo el mundo, incluidos los jóvenes que no dejaban de chillar, en un silencio espectral.

Se trataba de una caverna de veinte metros de altura por diez de anchura. Las barcas se dirigieron hacia ella. El mar estaba en calma, pero las olas golpeaban con fuerza las paredes de la gruta, produciendo un estruendo que parecía el bramido de algún animal.

-Un toro, parece un toro mugiendo - dijo Mamen, para sí misma. -Claro, de aquí saldrá la leyenda del Minotauro y la adoración a los toros del palacio de Minos…

Aún así, ella continuaba percibiendo el Eco, aquel rumor que penetraba en su cuerpo con más fuerza a medida que se acercaban a la entrada de la gruta.

Los barqueros remaron el uno hacia el otro hasta que las embarcaciones se abarloaron. Mientras tanto la fuerte corriente les iba acercando hacia la entrada de la cueva. Mamen se sentía como paralizada, subyugada por el Eco que parecía sentir solo ella, soterrado bajo el griterío de los que iban a ser sacrificados. Recorrió los rostros de aquellos jóvenes unas cuantas veces, apiadándose de ellos y pensando en los que habrían tenido que recorrer antes aquel mismo trayecto de terror.

Las barcas ya se encontraban casi en la entrada de la gruta, bajo el majestuoso arco que formaba la bóveda. En ese momento el hierarjes se puso de pie, abriendo los brazos, y empezó a recitar una oración a la Muerte:

"¡Ay de nosotros, άνατος! ¡Ay, de hecho para compartir una suerte has venido hasta nosotros! Bajo la montaña del palacio del rey Midas el Grande, te entregamos ahora un sacrificio de carne humana para que sacies tu hambre y salgas de los sueños de nuestro gran Padre Midas, el Bienaventurado. Al mismo tiempo te pido que…"

A continuación empezó a enumerar las peticiones de los nobles, pero Mamen había dejado de escuchar, estaba observando al sacerdote que llevaba la bolsa tintineante. La había abierto y estaba sacando de ella cuchillos de bronce que pasaba a los ocupantes de las otras barcas. En aquel momento lo entendió todo, los muy cobardes no entraban en la gruta y dejaban a los desgraciados jóvenes ante el Alien, como había pensado, sino que los mataban allí, a una distancia prudencial, y luego se largaban, después de lanzar los cadáveres al mar.

Cuando el hierarjes dejó de hablar ya estaban todos preparados, situados detrás de sus víctimas, con los cuchillos en la mano. Iban a degollarlos de un momento a otro.

Mamen se puso furiosa.

-¡Malditos cobardes! - gritó. - ¿Esto es lo que hacéis? ¿Matarlos vosotros y hacer ver que los lleváis a la cueva? ¡Os vais a enterar!

Deseó estar ante el Alien, que todas las barcas y sus ocupantes se encontraran dentro de la gruta.

En un abrir y cerrar de ojos la situación había cambiado por completo. Se encontraban a oscuras, apenas iluminados por una claridad difusa que provenía de la boca de la caverna.

Y ante ellos estaba el Alien.

Hubo unos instantes de parálisis, de estupefacción incontenible, hasta que, de todas y cada una de las bocas de las treinta personas que viajaban en las barcas, salió un grito de terror.

Mamen vio como las caras se contraían ante la terrible visión de aquel Ser de aspecto gelatinoso, de unos cinco metros de altura, de cuyo extremo superior sobresalían dos ramificaciones horizontales, de color azul cobalto, y que estaba situado sobre un saliente rocoso, aunque hundido parcialmente en el agua.

-¡Ja, ja, ja! ¿Y ahora qué, cabrones?

Ella se regocijaba con el terror de los sacerdotes, a pesar de que estaba empezando a darse cuenta de que algo no funcionaba bien en el interior de su cuerpo y, además, ocurría otra cosa extraña: la Esfera, que normalmente se situaba siempre sobre su cabeza, se estaba dirigiendo ahora hacia el Alien, como atraída por una fuerza irresistible.

-¡No! ¡No, por favor! ¡No me la quites!

Estaba entendiendo lo que ocurría a marchas forzadas. Toni le había dicho que la Esfera se la había concedido uno de aquellos Seres moribundos después de estrellarse con su nave cerca de San Telm, en la Torre d'en Bastet.

-¡Dios, pero qué estúpida soy! ¡Estúpida! ¡Estúpida! ¡Sácame de aquí! ¡Llévame otra vez al palacio de Cnossos!

Pero la Esfera ya no la obedecía. Ahora tenía un nuevo dueño, su dueño original, un Ser que pertenecía a la raza que la había construido.

El griterío de la gente se estaba volviendo monocorde, como un clamor de autoexistencia, pero por encima de ese clamor sobresalía algo cada vez más poderoso, un murmullo que trascendía las propiedades del sonido y se materializaba en una vibración perceptible por la carne, los músculos y la sangre…

El Eco.

Mamen se encontraba algo más atrás en la barca que el hierarjes, por eso le vio desmaterializarse, desaparecer ante sus ojos.

-¡Oh, no, por favor! ¡Mnemósine! ¡No puedo dejar a mi hija aquí!

A continuación empezó a sentir lo mismo que aquella vez bajo la Torre del Homenaje de la Alhambra. Sus extremidades, brazos, piernas, estirándose, para ser acompañadas inmediatamente por el tronco y la cabeza, que se disgregaba en niveles atómicos, aunque perceptibles por sus sentidos.

Igual que todas las personas que estaban con ella sobre las barcas, estaba siendo absorbida hacia el Agujero de Gusano averiado que había enviado a los Alienígenas a la Tierra en un viaje sin retorno.

CONTINUARÁ...